शतरंज के खिलाड़ी

और अन्य कहानियां

मुंशी प्रेमचंद

डायमंड बुक्स

www.diamondbook.in

प्रकाशकः डायमंड पॉकेट बुक्स (प्रा.) लि.
X-30, ओखला इंडस्ट्रियल एरिया, फेज-II
नई दिल्ली-110020
फोन : 011-40712200
ई-मेल : sales@dpb.in
वेबसाइट : www.diamondbook.in

Shatranj Ke Khiladi & Other Stories
By : Munshi Premchand

कहानीकार प्रेमचंद

प्रेमचंद हिंदी-साहित्य के एक ऐसे कथाकार का नाम है, जिनसे साक्षर ही नहीं निरक्षर व्यक्ति भी परिचित है। प्रेमचंद झोपड़ी के राजा थे, इसीलिए उनके साहित्य की पहुँच झोपड़ी से लेकर राजमहल तक है। झोपड़ी और राजमहल के बीच का रास्ता भी उन्होंने उड़कर पार नहीं किया, अर्थात झोपड़ी से लेकर राजमहल तक जो कुछ भी प्रेमचंद के दृष्टि-पक्ष में आया, वह उनके साहित्य का विषय बन गया। कैसा होगा वह साहित्यकार, जो अपने जीवन-पक्ष में सब कुछ को स्वीकारता चला गया, अपनाता चला गया। किसी को भी उससे उपेक्षा नहीं मिली, चाहे वह राह का पत्थर था या मंदिर का देवता। प्रेमचंद की दृष्टि में सब समान थे। वे दीन-दुखियों के पक्षधर, कृषकों के मित्र, अन्याय के विरोधी, शोषण के शत्रु और साहित्य के देवता थे।

हिंदी कथा साहित्य में प्रेमचंद के आगमन से एक नए युग का सूत्रपात हुआ। उन्होंने हिंदी-कहानी को नया आयाम दिया और उसे अनंत विस्तारमय क्षितिजों का संस्पर्श कराया।

प्रेमचंद के साहित्य की सबसे बड़ी शक्ति है, जीवन के प्रति उनकी ईमानदारी। उनकी यह ईमानदारी कहानियों में बखूबी दिखती है। उन्होंने बच्चों को ध्यान में रखते हुए अनेक कहानियां लिखीं। ये कहानियां मनोरंजक होने के साथ ज्ञानवर्धक स्रोत भी

हैं। उनके साहित्य में भारतीय जीवन का सच्चा और यथार्थ चित्रण हुआ है। प्रसिद्ध साहित्यकार प्रकाशचंद गुप्त ने लिखा है, 'यह भारत नगरों और गाँवों में, खेतों और खलिहानों में, सँकरी गलियों और राजपथों पर सड़कों और गलियारों में, छोटे-छोटे खेतों और टूटी-फूटी झोपड़ियों में निवास करता है। इस जीवन को प्रेमचंद अपनी लेखनी की शक्ति से बदलना चाहते थे और इसमें बड़ी मात्रा में वे सफल भी हुए।'

प्रेमचंद क्रांतिकारी चिंतक थे। अन्याय और कुरीतियों पर प्रेमचंद ने चौमुखी आक्रमण किया। प्रेमचंद एक ऐसा हीरा है, जिसमें अनेक कटाव हैं और हर कटाव में साहित्य के बहुविध रूप अनायास ही प्रतिबिंबित हैं।

प्रेमचंद हमारे युग के साहित्य-सूर्य थे। उनके व्यक्तित्व एवं कृतित्व का लेखा-जोखा हम यथातथ्य नहीं कर पाएंगे, क्योंकि इतिहास की दृष्टि से वे अब भी हमारे सन्निकट ही हैं। उनकी महानता कुछ ऐसी है कि वह समय के प्रवाह के साथ उत्तरोत्तर अग्रसर होने पर और अधिक जगमगाएँगे। फिर उनके प्रति अपनी श्रद्धांजलि समर्पित करने में एक अनिर्वचनीय सुख की अनुभूति होती है। आज का साहित्य ही नहीं, राष्ट्र का गौरव भी प्रेमचंद की ही विरासत है।

इस संकलन में हमने बालमन को छूने वाली उन कहानियों को चुना है, जो प्रेमचंद को एक बाल साहित्यकार के रूप में परिचित कराती हैं। ये कहानियां बच्चों के अलावा आम पाठकों के लिए भी रुचिकर होंगी क्योंकि इनमें शिक्षा के साथ मनोरंजन भी है।

—प्रकाशक

विषय सूची

शतरंज के खिलाड़ी

वाज़िदअली शाह का समय था। लखनऊ विलासिता के रंग में डूबा हुआ था। छोटे-बड़े, अमीर-गरीब, सभी विलासिता में डूबे हुए थे। कोई नृत्य और गान की मज़लिस सजाता था, तो कोई अफ़ीम की पीनक ही के मजे लेता था। जीवन के प्रत्येक विभाग में आमोद-प्रमोद का प्रावधान था। शासन-विभाग में, साहित्य क्षेत्र में, सामाजिक व्यवस्था में, कला-कौशल में, उद्योग-धंधों में, आहार-विहार में सर्वत्र विलासिता व्याप्त हो रही थी। कर्मचारी विषय-वासना में, कविगण प्रेम और विरह के वर्णन में, कारीगर कलाबत्तू और चिकन बनाने में, व्यवसायी सुरमे में, इत्र, मस्सी और उबटन का रोजगार करने में लिप्त थे। सभी की आँखों में विलासिता का मद छाया हुआ था। संसार में क्या हो रहा है इसकी किसी को खबर न थी। बटेर लड़ रहे हैं, तीतरों की लड़ाई के लिए पाली बदी जा रही है, कहीं चौसर बिछी हुई है, पौ बारह का शोर मचा हुआ है; कहीं शतरंज का घोर संग्राम छिड़ा हुआ है। राजा से लेकर रंक तक इसी धुन में मस्त थे। यहाँ तक कि फ़कीरों को पैसे मिलते तो वे रोटियाँ न लेकर अफीम खाते या मादक पीते। शतरंज, ताश, गंजीफ़ा खेलने में बुद्धि तीव्र होती है, विचार शक्ति का विकास होता है, पेचीदा मसलों को सुलझाने की आदत पड़ती है, ये दलीलें जोर के साथ पेश की जाती थीं।

(इस संप्रदाय के लोगों से दुनिया अब भी खाली नहीं है।) इसलिए अगर मिर्ज़ा सज्जादअली और मीर रौशनअली अपना अधिकांश समय बुद्धि तीव्र करने में व्यतीत करते थे तो किसी विचारशील पुरुष को क्या आपत्ति हो सकती थी? दोनों के पास मौरूसी जागीरें थीं, जीविका की कोई चिंता न थी, घर में बैठे चखौतियाँ करते। आखिर और करते ही क्या? प्रातःकाल दोनों मित्र नाश्ता करके बिसात बिछाकर बैठ जाते, मुहरे सज जाते और लड़ाई के दाँवपेंच होने लगते थे। फिर ख़बर न होती थी कि कब दोपहर हुई, कब तीसरा पहर, कब शाम। घर के भीतर से बार-बार बुलावा आता था– 'ख़ाना तैयार है।' यहाँ से जवाब मिलता, 'चलो आते हैं, दस्तरख़्वान बिछाओ।' यहाँ तक कि बावर्ची विवश होकर कमरे ही में खाना रख जाता था और दोनों मित्र दोनों काम साथ-साथ करते थे। मिर्जा सज्जादअली के घर में कोई बड़ा-बूढ़ा न था, इसलिए उन्हीं के दीवानखाने में बाजियाँ होती थीं; मगर यह बात न थी कि मिर्जा के घर के और लोग उसके इस व्यवहार से खुश हों। घरवाली का तो कहना ही क्या, मुहल्ले वाले, घर के नौकर-चाकर तक नित्य द्वेषपूर्ण टिप्पणियाँ किया करते थे– 'बड़ा मनहूस खेल है। घर को तबाह कर देता है। खुदा न करे किसी को इसकी चाट पड़े। आदमी दीन-दुनिया किसी के काम का नहीं रहता, न घर का, न घाट का। बुरा रोग है।' यहाँ तक कि मिर्जा की बेगम साहबा को इससे इतना द्वेष था कि अवसर खोज-खोजकर पति को लताड़ती थीं। पर उन्हें इसका अवसर मुश्किल से मिलता था। वह सोचती रहती थीं, तब तक उधर बाजी बिछ जाती थी। और रात को जब सो जाती थीं, तब कहीं मिर्जा जी भीतर आते थे। हाँ, नौकरों पर वह अपना गुस्सा उतारती रहती थीं– 'क्या, पान माँगे हैं? कह दो आकर ले जाएँ। खाने की भी फुर्सत

                    शतरंज के खिलाड़ी और अन्य कहानियां

नहीं है? ले जाकर खान सिर पर पटक दो, खाएँ चाहें कुत्ते को खिलाएं।'
पर रूबरू वह भी कुछ न कह सकती थीं। उनको अपने पति से उतना
मलाल न था, जितना मीर साहब से। उन्होंने उनका नाम मीर बिगाड़ू
रख छोड़ा था। शायद मिर्ज़ा जी अपनी सफाई देने के लिए सारा इल्ज़ाम
मीर साहब ही के सिर थोप देते थे।

एक दिन बेगम साहबा के सिर में दर्द होने लगा। उन्होंने लौंडी
से कहा, 'जाकर मिर्ज़ा साहब को बुला ला। किसी हकीम के यहाँ
से दवा लाएँ। दौड़, जल्दी कर।' लौंडी गई तो मिर्जा ने कहा,
'चल अभी आते हैं।' बेग़म साहबा का मिज़ाज गरम था। इतनी
तसल्ली कहाँ कि उनके सिर में दर्द हो और पति शतरंज खेलता
रहे। चेहरा सुर्ख हो गया। लौंडी से कहा, 'जाकर कह, अभी
चलिए नहीं तो वह आप ही हकीम के यहाँ चली जाएँगी।' मिर्ज़ा
जी बड़ी दिलचस्प बाजी खेल रहे थे, दो ही किश्तों में मीर साहब
की मात हुई जाती थी, झुँझलाकर बोले, 'क्या ऐसा दम लबों पर
है? ज़रा सब्र नहीं होता?'

मीर– 'अरे, जाकर सुन ही आइए न। औरतें नाजुक-मिजाज
होती ही हैं।

मिर्जा– 'जी हाँ, चला क्यों न जाऊँ। दो किश्तों में आपकी
मात होती है।'

मीर– 'जनाब, इस भरोसे न रहिएगा। वह चाल सोची है कि
आपके मुहरे धरे रहें, और मात हो जाए। पर जाइए, सुन आइए,
क्यों ख़ामख़्वाह उनका दिल दुखाइएगा?'

मिर्जा– 'इस बात पर मात ही करके जाऊँगा।'

मीर– 'मैं खेलूँगा ही नहीं। आप जाकर सुन आइए।'

मिर्जा– 'अरे यार, जाना ही पड़ेगा हकीम के यहाँ। सिरदर्द
ख़ाक नहीं है, मुझे परेशान करने का बहाना है।'

मीर– 'कुछ भी हो, उसकी खातिर तो करनी ही पड़ेगी।'

मिर्जा– 'अच्छा, एक चाल और चल लूँ।'

मीर– 'हरगिज नहीं, जब तक आप सुन न आएंगे, मैं मुहरों में हाथ न लगाऊँगा।'

मिर्जा साहब मजबूर होकर अंदर गए तो बेगम साहबा ने त्योतियाँ बदलकर, लेकिन कराहते हुए कहा, तुम्हें निगोड़ी शतरंज इतनी प्यारी है। चाहे कोई मर ही जाए, पर उठने का नाम नहीं लेते। नौज कोई तुम जैसा आदमी हो!

मिर्जा– 'क्या कहूँ, मीर साहब मानते ही न थे। बड़ी मुश्किल से पीछा छुड़ाकर आया हूँ।'

बेगम– 'क्या जैसे वह खुद निखट्टू हैं, वैसे ही सबको समझते हैं? उनके भी बाल-बच्चे हैं, या सबका सफाया कर डाला है?'

मिर्जा– 'बड़ा लती आदमी है। जब आ जाता है तब मजबूर होकर मुझे खेलना ही पड़ता है।'

बेगम– 'दुत्कार क्यों नहीं देते?'

मिर्जा– 'बराबर के आदमी हैं, उम्र में, दर्जे में, मुझसे दो अंगुल ऊँचे। मुलाहिज़ा करना ही पड़ता है।

बेगम–तो मैं ही दुत्कार देती हूँ। नाराज हो जाएँगे, हो जाएँ। कौन किसी की रोटियाँ चला देता है। रानी रूठेंगी, अपना सुहाग लेंगी। हरिया, बाहर से शतरंज उठा ला। मीर साहब से कहना, मियाँ अब न खेलेंगे, आप तशरीफ़ ले जाइए।'

मिर्जा– 'हाँ-हाँ, कहीं ऐसा गजब भी न करना। जलील करना चाहती हो क्या; ठहर हरिया, कहाँ जाती है?'

बेगम– 'जाने क्यों नहीं देते? मेरे ही खून पिए, जो उसे रोके। अच्छा उसे रोका, मुझे रोको तो जानूँ।'

शतरंज के खिलाड़ी और अन्य कहानियां

वह कहकर बेगम साहबा झल्लाई हुई दीवानखाने की तरफ चलीं। मिर्ज़ा बेचारे का रंग उड़ गया। बीवी की मिन्नतें करने लगे, 'खुदा के लिए, तुम्हें हज़रत हुसैन की कसम। मेरी ही मैयत देखे, जो उधर जाए।' लेकिन बेगम ने एक न मानी। दीवानखाने के द्वार तक चली गई, पर एकाएक परपुरुष के सामने जाते हुए पाँव बंध से गए। भीतर झाँका, संयोग से कमरा खाली था, मीर साहब ने दो-एक मुहरे इधर-उधर कर दिए थे और अपनी सफाई बताने के लिए बाहर टहल रहे थे। फिर क्या था, बेगम ने अंदर पहुँचकर बाजी उलट दी; मुहरे कुछ तख्त के नीचे फेंक दिए, कुछ बाहर और किवाड़ अंदर से बंद करके कुंडी लगा दी। मीर साहब दरवाजे पर तो थे ही, मुहरें बाहर फेंके जाते देख, चूड़ियाँ की झनक भी कान में पड़ी। फिर दरवाजा बंद हुआ, तो समझ गए बेगम साहबा बिगड़ गई। घर की राह ली।

मिर्ज़ा ने कहा, तुमने गजब किया।

बेग़म– 'अब, मीर साहब इधर आए तो खड़े-खड़े निकलवा दूँगी। इतनी लौ खुदा में लगाते तो क्या गरीब हो जाते? आप तो शतरंज खेलें और मैं यही चूल्हे-चक्की की फिक्र में सिर खपाऊँ। जाते हो हकीम साहब के यहाँ कि अब भी ताम्मुल है?'

मिर्ज़ा घर से निकले तो हकीम के घर जाने के बदले मीर साहब के घर पहुँचे और सारा वृतांत कहा। मीर साहब बोले, 'मैंने तो जब मुहरें बाहर आते देखे, तभी ताड़ गया। फौरन भागा। बड़ी गुस्सेवर मालूम होती हैं। मगर आपने उन्हें यों सिर चढ़ा रखा है यह मुनासिब नहीं। उन्हें इससे क्या मतलब कि आप बाहर क्या करते हैं। घर का इंतज़ाम करना उनका काम है, दूसरी बातों से उन्हें क्या सरोकार?'

मिर्ज़ा– 'ख़ैर, यह तो बताइए, अब कहाँ जमाव होगा?'

मीर– 'इसका क्या ग़म? इतना बड़ा घर पड़ा हुआ है? बस यहीं जमे।'

मिर्ज़ा– 'लेकिन बेगम साहबा को कैसे मनाऊँगा? जब घर पर बैठता रहता था तब तो वह इतना बिगड़ती थीं, यहाँ बैठक होगी तो शायद जिंदा न छोड़ेगी।'

मीर– 'अजी बकने भी दीजिए, दो-चार रोज़ में आप ही ठीक हो जाएँगी। हाँ, आप इतना कीजिए कि आज से ज़रा तन जाइए।'

मीर साहब की बेगम किसी अज्ञात कारण से उनका घर से दूर रहना ही उपयुक्त समझती थीं। इसलिए वह उनके शतरंज-प्रेम की कभी आलोचना न करतीं बल्कि कभी-कभी मीर साहब को देर हो जाती तो याद दिला देती थीं। इन कारणों से मीर साहब को भ्रम हो गया था कि मेरी स्त्री अत्यंत विनयशील और गंभीर है। लेकिन जब दीवानखाने में बिसात बिछने लगी, और मीर साहब दिनभर घर में रहने लगे तो उन्हें बड़ा कष्ट होने लगा। उनकी स्वाधीनता में बाधा पड़ गई। दिन-भर दरवाजे पर झाँकने को तरस जातीं।

उधर नौकरों में काना-फूसी होने लगी। अब तक दिन-भर पड़े-पड़े मक्खियाँ मारा करते थे। घर में चाहे कोई आए, चाहे कोई जाए, इनसे कुछ मतलब न था। आठों पहर की धौंस हो गई। कभी पान लाने का हुक्म होता, कभी मिठाई लाने का। और हुक्का तो किसी प्रेमी के हृदय की भाँति नित्य जलता ही रहता था। वे बेगम साहबा से जा-जाकर कहते, हुजूर, मियाँ की शतरंज तो हमारे जी का जंजाल हो गई। दिनभर दौड़ते-दौड़ते पैरों में छाले पड़ गए। यह भी कोई खेल है कि सुबह को बैठे तो शाम ही कर दी। घड़ी आध घड़ी दिल-बहलाव के लिए

   शतरंज के खिलाड़ी और अन्य कहानियां

खेल लेना बहुत है। खैर, हमें तो कोई शिकायत नहीं, हुजूर के गुलाम हैं, जो हुक्म होगा बजा ही लावेंगे, मगर यह खेल मनहूस है। इसका खेलनेवाला कभी पनपता नहीं, घर पर कोई न कोई आफ़त जरूर आती है। यहाँ तक कि यही चर्चा होती रहती है। हुजूर का नमक खाते हैं। अपने आका की बुराई सुन-सुनकर रंज होता है। मगर क्या करें? इस पर बेगम साहिबा कहती- 'मैं तो खुद इसको पसंद नहीं करती, पर वह किसी को सुनते ही नहीं, क्या किया जाए?'

मुहल्ले में दो-चार पुराने ज़माने के लोग थे। वे आपस में भाँति-भाँति के अमंगल की कल्पनाएँ करने लगे, अब खैरियत नहीं है। जब हमारे रईसों का यह हाल है, तो मुल्क का खुदा ही हाफ़िज। यह बादशाहत शतरंज के हाथों तबाह होगी। आसार बुरे हैं।

राज्य में हाहाकार मचा हुआ था। प्रजा दिन-दहाड़े लूटी जाती थी। कोई फरियाद सुननेवाला न था। देहातों की सारी दौलत लखनऊ में खिंची चली आती थी, और वह वेश्याओं में, भांडों में और विलासता के अन्य अंगों की पूर्ति में उड़ जाती थी। अँगरेजी कंपनी का ऋण दिन-दिन बढ़ता जाता था। कमली दिन-दिन भोग कर भारी होती जाती थी। देश में सुव्यवस्था न होने के कारण वार्षिक कर भी न वसूल होता था। रेजीडेंट बार-बार चेतावनी देता था, पर यहाँ तो लोग विलासिता के नशे में चूर थे। किसी के कानों पर जूँ न रेंगती थी।

खैर, मीर साहब के दीवानख़ाने में शतरंज होते कई महीने गुजर गए। नए-नए नक्शे हल किए जाते, नए-नए किले बनाए जाते, नित नई व्यूह रचना होती, कभी-कभी खेलते-खेलते भीड़ हो जाती। तू-तू, मैं-मैं तक की नौबत आ जाती। पर शीघ्र

ही दोनों में मेल हो जाता। कभी-कभी ऐसा भी होता कि बाजी उठा दी जाती, मिर्ज़ा जी रूठकर अपने घर चले जाते, मीर साहब अपने घर में बैठते। पर रात-भर की निद्रा के साथ सारा मनोमालिन्य शांत हो जाता था। प्रातःकाल दोनों मित्र दीवानख़ाने में आ पहुँचते थे।

एक दिन दोनों मित्र शतरंज की दलदल में गोते खा रहे थे कि इतने में घोड़े पर सवार एक बादशाही फौज का अफसर मीर साहब का नाम पूछता हुआ आ पहुँचा। मीर साहब के होश उड़ गए। यह क्या बला सिर पर आई? यह तलबी किसलिए हुई? अब खैरियत नहीं नजर आती। घर के दरवाजे बंद कर लिए। नौकर से बोले, कह दो, घर में नहीं हैं।

सवार- 'घर में नहीं, तो कहाँ हैं?'

नौकर- 'यह मैं नहीं जानता। क्या काम है?'

सवार- 'काम तुझे क्या बतलाऊँ? हुजूर में तलबी है, शायद फौज के लिए कुछ सिपाही माँगे गए हैं। जागीरदार हैं कि दिल्लगी? मोरचे पर जाना पड़ेगा तो आटे-दाल का भाव मालूम हो जाएगा।'

नौकर- 'अच्छा तो जाइए, कह दिया जाएगा।'

सवार- 'कहने की बात नहीं। कल मैं खुद आऊँगा। साथ ले जाने का हुक्म हुआ है।'

सवार चला गया। मीर साहब की आत्मा काँप उठी। मिर्ज़ा जी से बोले, कहिए जनाब, अब क्या होगा?

मिर्ज़ा- 'बड़ी मुसीबत है। कहीं मेरी भी तलबी न हो।'

मीर- 'कम्बख्त कल आने की कह गया है।'

मिर्ज़ा- 'आफत है, और क्या। कहीं मोरचे पर जाना पड़ा तो बेमौत मरे।'

       शतरंज के खिलाड़ी और अन्य कहानियां

मीर- 'बस, यही एक तदबीर है कि घर पर मिलो ही नहीं। कल से गोमती पर कहीं वीराने में नक़्शा जमे। वहाँ किसे खबर होगी? हज़रत आकर लौट जाएँगे।'

मिर्ज़ा- 'वल्लाह, आपको खूब सूझी! इसके सिवा कोई तदबीर नहीं है।'

इधर मीर साहब की बेगम उस सवार से कह रही थी, तुमने खूब धता बताया।

उसने जवाब दिया, ऐसे गावदियों को तो चुटकियों पर नचाता हूँ। इनकी सारी अक्ल और हिम्मत तो शतरंज ने चर ली। अब भूलकर भी घर न रहेंगे।

* * *

दूसरे दिन से दोनों मित्र मुँह अँधेरे निकल खड़े होते। बगल में एक छोटी-सी दरी दबाए, डिब्बे में गिलोरियाँ भरे, गोमती पार कर एक पुरानी वीरान मस्जिद में चले जाते, जिसे शायद नवाब आसफ़उद्दौला ने बनवाया था। रास्ते में तंबाकू, चिलम और मदरिया ले लेते और मस्जिद में पहुँच, दरी बिछा, हुक्का भर, शतरंज खेलने बैठ जाते थे। फिर उन्हें दीन-दुनिया की फ़िक्र न रहती थी। 'किश्त', 'शह' आदि दो-एक शब्दों के सिवा मुँह से और कोई वाक्य नहीं निकलता था। कोई योगी भी समाधि में इतना एकाग्र न होता। दोपहर को जब भूख मालूम होती तो दोनों मित्र किसी नानबाई की दुकान पर जाकर खाना खा आते और एक चिलम हुक्का पीकर फिर संग्राम-क्षेत्र में डट जाते। कभी-कभी उन्हें भोजन का भी ख़याल न रहता था।

इधर देश की राजनीतिक दशा भयंकर होती जा रही थी। कंपनी की फौजें लखनऊ की तरफ़ बढ़ी चली आती थीं। शहर में हलचल मची हुई थी। लोग बाल-बच्चों को ले-लेकर देहातों

में भाग रहे थे। पर हमारे दोनों खिलाड़ियों को इसकी जरा भी फ़िक्र न थी। वे घर से आते तो गलियों में से होकर। डर था कि कहीं किसी बादशाही मुलाज़िम की निगाह न पड़ जाए, नहीं तो बेगार में पकड़े जाएँ। हज़ारों रुपए सालाना की जाग़ीर मुफ़्त में ही हजम करना चाहते थे।

एक दिन दोनों मित्र मस्जिद के खंडहर में बैठे हुए शतरंज खेल रहे थे। मिर्ज़ा की बाजी कुछ कमजोर थी। मीर साहब उन्हें किश्त पर किश्त दे रही थे। इतने में कंपनी के सैनिक आते हुए दिखाई दिए। यह गोरों की फौज थी, जो लखनऊ पर अधिकार जमाने के लिए आ रही थी।

मीर साहब बोले— 'अँगरेजी फौज आ रही है, खुदा खैर करे।'

मिर्ज़ा— 'आने दीजिए, किश्त बचाइए। लो यह किश्त!'

मीर— 'ज़रा देखना चाहिए; यहीं आड़ में खड़े हो जाएँ।'

मिर्ज़ा— 'देख लीजिएगा, जल्दी क्या है, फिर किश्त!'

मीर— 'तोपखाना भी है। कोई पाँच हजार आदमी होंगे। कैसे जवान हैं। लाल बंदरों से मुँह हैं। सूरत देखकर ख़ौफ होता है।'

मिर्ज़ा— 'जनाब हीले न कीजिए। ये चकमे किसी और को दीजिएगा, यह किश्त!'

मीर— 'आप भी अजीब आदमी हैं। यहाँ तो शहर पर आफ़त हुई है और आपको किश्त की सूझी है। कुछ इसकी खबर है कि शहर घिर गया तो घर कैसे चलेंगे?'

मिर्ज़ा— 'जब चलने का वक्त आएगा तो देखी जाएगी, यह किश्त, बस अबकी शह में मात है।'

फौज निकल गई। दस बजे का समय था। फिर बाजी बिछ गई। मिर्ज़ा बोले— 'आज खाने की कैसी ठहरेगी?'

शतरंज के खिलाड़ी और अन्य कहानियां

मीर– 'अजी, आज तो रोज़ा है। क्या आपको भूख ज्यादा मालूम होती है?।'

मिर्ज़ा– 'जी नहीं। शहर में जाने क्या हो रहा है?'

मीर– 'शहर में कुछ न हो रहा होगा। लोग खाना खा-खाकर आराम से सो रहे होंगे। हुजूर नवाब भी ऐशगाह में होंगे।'

दोनों सज्जन फिर जो खेलने बैठे तो तीन बज गए। अब की मिर्ज़ा की बाजी कमजोर थी। चार का गजर बज रहा था कि फौज की वापसी की आहट मिली। नवाब वाज़िदअली शाह पकड़ लिए गए थे और सेना उन्हें किसी अज्ञात स्थान को लिए जा रही थी। शहर में न कोई हलचल थी, न मार-काट। एक बूँद भी खून नहीं गिरा था। आज तक किसी स्वाधीन देश के राजा की पराजय इतनी शांति से, इस तरह खून बहे बिना न हुई होगी। यह अहिंसा न थी, जिस पर देवगण प्रसन्न होते हैं। यह कायरपन था, जिस पर बड़े से बड़े कायर आँसू बहाते हैं। अवध के विशाल देश के नबाव बंदी बना चला जाता था और लखनऊ ऐश की नींद में मस्त था। यह राजनीतिक अध:पतन की चरम सीमा थी।

मिर्ज़ा ने कहा– 'हुजूर नवाब को ज़ालिमों ने कैद कर लिया है।'

मीर– 'होगा, यह लीजिए शह।'

मिर्ज़ा– 'जनाब, जरा ठहरिए। इस वक्त इधर तबीयत नहीं लगती। बेचारे नवाब साहब इस वक्त खून के आँसू रो रहे होंगे।'

मीर– 'रोया ही चाहें, यह ऐश वहाँ कहाँ नसीब होगा? यह किश्त।'

मिर्ज़ा– 'किसी के दिन बराबर नहीं जाते। कितनी दर्दनाक हालत है।'

मीर– 'हाँ, सो तो है ही, यह लो फिर किश्त! बस अब की किश्त में मात है। बच नहीं सकते।'

मिर्ज़ा– 'खुदा की कसम, आप बड़े बेदर्द हैं। इतना हादसा देखकर भी आपको दुख नहीं होता। हाय! गरीब वाज़िदअली शाह।'

मीर– 'पहले अपने बादशाह को तो बचाइए, फिर नवाब का मातम कीजिएगा। यह किश्त और मात। लगाना हाथ।'

बादशाह को लिए हुए सेना सामने से निकल गई। उनके जाते ही मिर्ज़ा ने फिर बाजी बिछा ली। हार की चोट बुरी होती है। मीर ने कहा– 'आइए! नवाब के मातम में एक मरसिया कह डालें। लेकिन मिर्ज़ा की राज्यभक्ति अपनी हार के साथ लुप्त हो चुकी थी। वह हार का बदला चुकाने के लिए अधीर हो गए थे।

शाम हो गई। खंडहर में चमगादड़ों ने चीखना शुरू किया। अबाबीलें आ-आकर अपने घोसलों में चिपटीं। पर दोनों खिलाड़ी डटे हुए थे। मानो दोनों खून के प्यासे सूरमा आपस में लड़ रहे हों। मिर्जा जी तीन बाजियाँ लगातार हार चुके थे; इस चौथी बाजी का रंग भी अच्छा न था। वह बार-बार जीतने का दृढ़निश्चय कर संभलकर खेलते थे लेकिन एक न एक चाल बेढब आ पड़ती थी, जिससे बाजी खराब हो जाती थी। हर बार हार के साथ प्रतिकार की भावना और उग्र होती जाती थी। उधर मीर साहब मारे उमंग के गजलें गाते थे; चुटकियाँ लेते थे, मानो कोई गुप्त धन पा गए हों। मियाँ सुनसुनकर झुँझलाते और हार की झेंप मिटाने के लिए उनकी दाद देते थे। ज्यों-ज्यों बाजी कमजोर पड़ती थी, धैर्य हाथ से निकलता जाता था। यहाँ तक कि वह बात-बात पर झुँझलाने लगे– जनाब, आप चाल न बदला कीजिए। यह क्या कि चाल चले और फिर उसे बदल दिया। जो कुछ चलना है एक बार चल दीजिए। यह आप मुहरे पर ही क्यों हाथ रखे रहते हैं? मुहरें छोड़ दीजिए। जब तक आपको चाल न सूझे, मुहर छुइए ही नहीं। आप एक-एक चाल आध-आध घंटे में चलते हैं। इसकी सनद नहीं। जिसे एक

    शतरंज के खिलाड़ी और अन्य कहानियां

चाल चलने में पाँच मिनट से ज़्यादा लगे उसकी मात समझी जाए। फिर आपने बात बदली! चुपके से मुहरा वहीं रख दीजिए।

मीर साहब का फरजी पिटता था– 'बोले मैंने चाल चली ही कब थी?'

मिर्ज़ा– 'आप चाल चल चुके हैं। मुहरा वहीं रख दीजिए-उसी घर में।'

मीर– 'उसमें क्यों रखूँ? हाथ से मुहरा छोड़ा कब था?'

मिर्ज़ा– 'मुहरा आप कयामत तक न छोड़ें, तो क्या चाल ही न होगी? फरजी पिटते देखा तो धाँधली करने लगे।'

मीर– 'धाँधली आप करते हैं। हार-जीत तकदीर से होती है। धांधली करने से कोई नहीं जीतता।'

मिर्ज़ा– 'तो इस बाजी में आपकी मात हो गई।'

मीर– 'मुझे क्यों मात होने लगी?'

मिर्ज़ा– 'तो आप मुहरा उसी घर में रख दीजिए, जहाँ पहले रखा था।'

मीर– 'वहाँ क्यों रखूँ? नहीं रखता।'

मिर्ज़ा– 'क्यों न रखिएगा? आपको रखना होगा।'

तकरार बढ़ने लगी। दोनों अपनी-अपनी टेक पर अड़े थे। न यह दबता, न वह। अप्रासंगिक बातें होने लगीं। मिर्ज़ा बोले– 'किसी ने खानदान में शतरंज खेली होती तब तो इसके कायदे जानते। वे तो हमेशा घास छीला किए, आप शतरंज क्या खेलिएगा? रियासत और ही चीज है। जागीर मिल जाने ही से कोई रईस नहीं हो जाता।'

मीर– 'क्या! घास आपके अब्बाजान छीलते होंगे। यहाँ तो पीढ़ियों से शतरंज खेलते चले आते हैं।'

मिर्ज़ा– 'अजी जाइए भी, गाजीउद्दीन हैदर के यहाँ बावर्ची

का काम करते-करते उम्र गुजर गई। आज रईस बनने चले हैं। रईस बनना कुछ दिल्लगी नहीं।'

मीर- 'क्या अपने बुजुर्गों के मुंह पर कालिख़ लगाते हो, वे ही बावर्ची का काम करते होंगे। यहाँ तो हमेशा बादशाह के दस्तरख़्वान पर खाना खाते चले आए हैं।'

मिर्ज़ा- 'अरे चल चरकटे, बहुत बढ़कर बातें न कर!'

मीर- 'ज़बान संभालिए, वर्ना बुरा होगा। मैं ऐसी बातें सुनने का आदी नहीं हूँ। यहाँ तो किसी ने आँखें दिखाई कि उसकी आँखें निकाली। है हौसला?'

मिर्ज़ा- 'आप मेरा हौसला देखना चाहते हैं, तो फिर आइए, आज दो-दो हाथ हो जाएँ, इधर या उधर।'

मीर- 'तो यहाँ तुमसे दबने वाला कौन है?'

दोनों दोस्तों ने कमर से तलवारें निकाल लीं। नवाबी जमाना था। सभी तलवार, पेशकब्ज, कटार वगैरह बाँधते थे। दोनों विलासी थे, पर कायर न थे। उनमें राजनीतिक भावों का अध:पतन हो गया था। बादशाह के लिए क्यों मरे? पर व्यक्तिगत वीरता का अभाव न था। दोनों ने पैंतरे बदले, तलवारें चमकीं, छपाछप की आवाजें आई। दोनों जख्मी होकर गिरे, और दोनों ने वहीं तड़प-तड़पकर जानें दीं। अपने बादशाह के लिए उनकी आँखों से एक बूंद आँसू न निकला, उन्होंने शतरंज के वज़ीर की रक्षा में प्राण दे दिए।

अँधेरा हो चला था। बाजी बिछी हुई थी। दोनों बादशाह अपने-अपने सिंहासनों पर बैठे मानो इन वीरों की मृत्यु पर रो रहे थे।

चारों तरफ सन्नाटा छाया हुआ था। खंडहर की टूटी हुई मेहराबें, गिरी हुई दीवारें और धूल-धूसरित मीनारें इन लाशों को देखती और सिर धुनती थीं।

    शतरंज के खिलाड़ी और अन्य कहानियां

गुल्ली-डंडा

हमारे अंग्रेजीदां दोस्त मानें, या न मानें मैं तो यही कहूंगा कि गुल्ली-डण्डा सब खेलों का राजा है। अब भी कभी लड़कों को गुल्ली-डण्डा खेलते देखता हूं, तो जी लोट-पोट हो जाता है कि इनके साथ जाकर खेलने लगूं। न लॉन की जरूरत, न कोर्ट की, न नेट की, न थापी की। मजे से किसी पेड़ की एक टहनी काट लो, गुल्ली बना लो और दो आदमी भी आ गये; तो खेल शुरू हो गया। विलायती मेलों में सबसे बड़ा खेल है कि उनके सामान मंहगे होते हैं। जब तक कम-से-कम एक सैकड़ा न खर्च कीजिए, खिलाड़ियों में शुमार ही नहीं हो सकता। यह गुल्ली-डण्डा है कि बिना हर्र-फिटकरी के चोखा रंग देता है, पर हम अंग्रेजी चीजों के यदि ऐसे दीवाने ही रहे हैं कि अपनी सभी चीजों से अरुचि हो गयी है। हमारे स्कूलों में हरेक लड़के से तीन रुपये सालाना केवल खेलने की फीस ली जाती है। किसी को यह नहीं सूझता कि भारतीय खेल खेलायें; जो बिना दाम-कौड़ी के खेले जाते हैं। अंग्रेजी खेल उनके लिए है, जिनके पास धन है। गरीब-लड़कों के सिर क्यों यह व्यसन मढ़ते हो। ठीक है, गुल्ली से आंख फूट जाने का भय रहता है। तो क्या क्रिकेट से सिर फूट जाने, तिल्ली फट जाने, टांग टूट जाने का भय नहीं रहता? अगर हमारे माथे में गुल्ली का दाग

आज तक बना हुआ है, तो हमारे कई दोस्त ऐसे भी हैं, जो थापी को बैसाखी से बदल बैठे। खैर, यह अपनी-अपनी रुचि है। मुझे गुल्ली ही सब खेलों से अच्छी लगती है और बचपन की मीठी स्मृतियों में गुल्ली ही सबसे मीठी है। वह प्रात:काल घर से निकल जाना, वह पेड़ पर चढ़कर टहनियां काटना और गुल्ली-डण्डे बनाना, वह उत्साह, वह लगन, वह खिलाड़ियों के जमघटे, वह पदना और पदाना; वह लड़ाई-झगड़े, वह सरल स्वभाव, जिसमें छूत-अछूत, अमीर-गरीब का बिलकुल भेद न रहता था, जिसमें अमीराना चोंचलों की, प्रदर्शन की, अभिमान की गुंजाइश ही न थी, यह उसी वक्त भूलेगा जब... घर वाले बिगड़ रहे हैं, पिताजी चौके पर बैठे वेग से रोटियों पर अपना क्रोध उतार रहे हैं, अम्मां की दौड़ केवल द्वार तक है, लेकिन उनकी विचारधारा में मेरा अंधकारमय भविष्य टूटी हुई नौका की तरह डगमगा रहा है और मैं हूं कि पदाने में मस्त हूं, न नहाने की सुधि है, न खाने की। गुल्ली है तो जरा-सी, पर उसमें दुनिया भर की मिठाइयों की मिठास और तमाशों का आनंद भरा हुआ है।

मेरे हमजोलियों में एक लड़का गया नाम का था। मुझसे दो-तीन साल बड़ा होगा। दुबला, लंबा, बन्दरों की-सी लंबी-लंबी पतली-पतली उंगलियां, बन्दरों की-सी ही चपलता, वही झल्लाहट। गुल्ली कैसी हो, उस पर इस तरह लपकता था; जैसे छिपकली कीड़ों पर लपकती है। मालूम नहीं उसके मां-बाप थे या नहीं, कहां रहता था, क्या खाता था; पर था हमारे गुल्ली-क्लब का चैम्पियन। जिसकी तरफ वह आ जाये, उसकी जीत निश्चित थी। हम सब उसे दूर से आते देख, उसका दौड़कर स्वागत करते थे और उसे अपना गोइयां बना लेते थे।

　　　　　शतरंज के खिलाड़ी और अन्य कहानियां

एक दिन हम और गया दो ही खेल रहे थे। वह पदा रहा था, मगर कुछ विचित्र बात है कि पदाने में हम दिन भर मस्त रह सकते हैं; पदना एक मिनट का भी अखरता है। मैंने गला छुड़ाने के लिए सब चालें चलीं, जो ऐसे अवसर पर शास्त्रविहित न होने पर भी क्षम्य है, लेकिन गया अपना दांव लिए बगैर मेरा पिण्ड न छोड़ता था।

अनुनय-विनय का कोई असर न हुआ। मैं घर की ओर भागा।

गया ने मुझे दौड़कर पकड़ लिया और डण्डा तानकर बोला – 'मेरा दांव देकर जाओ। पदाया तो बड़े बहादुर बन के, पदने की बेर क्यों भागे जाते हो?'

'तुम दिन भर पदाओ तो मैं दिन भर पदता रहूं।'

'हां तुम्हें दिन भर पदना पड़ेगा।'

'न खाने जाऊं न पीने जाऊं?'

'हां, मेरा दांव दिये बिना कहीं नहीं जा सकते।'

'मैं तुम्हारा गुलाम हूं?'

'हां, मेरे गुलाम हो।'

'मैं घर जाता हूं, देखूं मेरा क्या कर लेते हो?'

'घर कैसे जाओगे, कोई दिल्लगी है। दांव दिया है, दांव लेंगे।'

'अच्छा, कल मैंने तुम्हें अमरूद खिलाया था। वह लौटा दो।'

'वह तो मेरे पेट में चला गया।'

'निकालो पेट से। तुमने क्यों खाया मेरा अमरूद?'

'अमरूद तुमने दिया, तब मैंने खाया। तुमसे मांगने न गया था।'

'जब तक मेरा अमरूद न दोगे, मैं दांव न दूंगा।'

मैं समझता था, न्याय मेरी ओर है। आखिर मैंने किसी स्वार्थ से ही उसे अमरूद खिलाया होगा। कौन निःस्वार्थ किसी के

साथ कुछ करता है? भिक्षा तक तो स्वार्थ के लिए ही देते हैं। जब गया ने अमरूद खाया, तो फिर उसे मुझसे दांव लेने का क्या अधिकार है? रिश्वत देकर तो लोग खून पचा जाते हैं। यह मेरा अमरूद यों ही हजम कर जायेगा? अमरूद पैसे के पांव वाले हैं, जो गया के बाप को भी नसीब न होंगे। यह सरासर अन्याय था।

गया ने मुझे अपनी ओर खींचते हुए कहा – 'मेरा दांव देकर जाओ, अमरूद-समरूद मैं नहीं जानता।'

मुझे न्याय का बल था। वह अन्याय पर डटा हुआ था। मैं हाथ छुड़ाकर भागना चाहता था। वह मुझे जाने न देता था। मैंने गाली दी; उसने उससे कड़ी गाली दी, और दो-एक चांटे भी जमा दिया। मैंने उसे दांत काट लिया। उसने मेरी पीठ पर डण्डा जमा दिया। मैं रोने लगा। गया मेरे इस अस्त्र का मुकाबला न कर सका। भागा। मैंने तुरन्त आंसू पोंछ डाले, डंडे की चोट भूल गया ओर हंसता हुआ घर जा पहुंचा। मैं थानेदार का लड़का एक नीच जात के लौंडे के हाथों पिट गया, यह मुझे उस समय भी अपमानजनक मालूम हुआ, लेकिन घर में किसी से शिकायत न की।

* * *

उन्हीं दिनों पिताजी का वहां से तबादला हो गया। नई दुनिया देखने की खुशी में ऐसा फूला कि अपने हमजोलियों से बिछुड़ जाने का बिलकुल दुःख न हुआ। पिताजी दुःखी थे। यह बड़ी आमदनी की जगह थी। अम्मां जी भी दुःखी थीं, यहां सब चीजें सस्ती थीं और मुहल्ले के स्त्रियों से घराव-सा हो गया था, लेकिन मैं मारे खुशी के फूला न समाता था। लड़कों से जीट उड़ा रहा था, वहां ऐसे घर थोड़े ही होते हैं। ऐसे-ऐसे ऊंचे घर हैं कि आसमान से बातें करते हैं। वहां के अंग्रेजी स्कूल में कोई मास्टर

 शतरंज के खिलाड़ी और अन्य कहानियां

लड़कों को पीटे, तो उसे जेल हो जाय। मेरे मित्रों की फैली हुई आंखें और चकित-मुद्रा बतला रही थीं कि मैं उनकी निगाह में कितना ऊंचा उठ गया हूं। बच्चों में मिथ्या को सत्य बना लेने की वह शक्ति है, जिसे हम, जो सत्य को मिथ्या बना लेते हैं, क्या समझेंगे। उन बेचारों को मुझसे कितनी स्पर्द्धा हो रही थी। मानो कह रहे थे - तुम भाग्यवान हो भाई, जाओ हमें तो इस ऊजाड़ ग्राम में जीना भी है और मरना भी।

बीस साल गुजर गये। मैंने इंजीनियरी पास की और उसी जिले का दौरा करता हुआ, उसी कस्बे में पहुंचा और डाक बंगले में ठहरा। उस स्थान को देखते ही इतनी मधुर बाल-स्मृतियां हृदय में जाग उठीं कि मैंने छड़ी उठाई और कस्बे की सैर करने निकला। आंखें किसी प्यासे पथिक की भांति बचपन के उन क्रीड़ा-स्थलों को देखने के लिए व्याकुल हो रही थीं, पर उस परिचित नाम के सिवा वहां और कुछ परिचित न था। जहां खंडहर था, वहां पक्के मकान खड़े थे। जहां बरगद का पुराना पेड़ था, वहां अब एक सुन्दर बगीचा था। स्थान की कायापलट हो गयी थी। अगर उसके नाम और स्थिति का ज्ञान न होता, तो मैं इसे पहचान भी न सकता। बचपन की संचित स्मृतियां बांहें खोले अपने उन पुराने मित्रों से गले मिलने को अधीर हो रही थीं, मगर वह दुनिया बदल गयी थी। ऐसा जी होता था कि उस धरती से लिपटकर रोऊं और कहूं, तुम मुझे भूल गयीं, मैं तो अब भी तुम्हारा वही रूप देखना चाहता हूं।

सहसा एक खुली हुई जगह में मैंने दो-तीन लड़कों को गुल्ली-डण्डा खेलते देखा। एक क्षण के लिए मैं अपने को बिलकुल भूल गया। भूल गया कि मैं एक ऊंचा अफसर हूं, साहबी ठाट में, रौब और अधिकार के आवरण में।

जाकर एक लड़के से पूछा - 'क्यों बेटे, यहां कोई गया नाम का आदमी रहता है?'

एक लड़के ने गुल्ली-डण्डा समेटकर सहमे हुए स्वर में कहा-'कौन गया? गया चमार?'

मैंने यों ही कहा- 'हां-हां वही। गया नाम का कोई आदमी है, तो शायद वही हो।'

'हां, है तो।'

'जरा उसे बुलाकर ला सकते हो?'

लड़का दौड़ा हुआ गया और एक क्षण में एक पांच हाथ के काले देव को साथ लिए आता दिखाई दिया। मैं दूर ही से पहचान गया। उसकी ओर लपकना चाहता था कि उसके गले लिपट जाऊं, पर कुछ सोचकर रह गया। बोलो- 'कहो गया, मुझे पहचानते हो?'

गया ने झुककर सलाम किया- 'हां मालिक, भला पहचानूंगा क्यों नहीं? आप मजे में रहे?'

'बहुत मजे में। तुम अपनी कहो?'

'डिप्टी साहब का साईस हूं।'

'मतई, मोहन, दुर्गा यह सब कहां हैं? कुछ खबर है?'

'मतई तो मर गया, दुर्गा और मोहन दोनों डाकिये हो गये हैं, आप?'

'मैं तो जिले का इंजीनियर हूं।'

'सरकार तो पहले ही बड़े ज़हीन थे।'

'अब कभी गुल्ली-डण्डा खेलते हो?'

गया ने मेरी ओर प्रश्न की आंखों से देखा- 'अब गुल्ली-डण्डा क्यों खेलूंगा सरकार, अब तो पेट के धंधे से छुट्टी नहीं मिलती।'

'आओ, आज हम तुम खेलें। तुम पदाना, हम पदेंगे। तुम्हारा एक दांव हमारे ऊपर है। वह आज ले लो।'

गया बड़ी मुश्किल से राजी हुआ। वह ठहरा टके का मजदूर, मैं एक बड़ा अफसर। हमारा और उसका क्या जोड़? बेचारा झेंप रहा था, लेकिन मुझे भी कुछ कम झेंप न थी; इसलिए नहीं कि मैं गया के साथ खेलने जा रहा था; बल्कि इसलिए कि लोग इस खेल को अजूबा समझकर इसका तमाशा बना लेंगे और अच्छी-खासी भीड़ लग जायेगी। उस भीड़ में वह आनन्द कहां रहेगा; पर खेले बगैर तो रहा नहीं जाता था। आखिर निश्चय हुआ कि दोनों जने बस्ती से दूर जाकर एकांत में खेलें। वहां कौन कोई देखने वाला बैठा होगा। मजे से खेलेंगे और बचपन की उस मिठाई को खूब रस ले-लेकर खायेंगे। मैं गया को लेकर डाक बंगले पर आया और मोटर में बैठकर दोनों मैदान की ओर चले। साथ में एक कुल्हाड़ी ले ली। मैं गंभीर भाव धारण किये हुए था, लेकिन गया इसे अभी तक मजाक ही समझ रहा था। फिर भी उसके मुख पर उत्सुकता या आनन्द का कोई चिह्न न था। शायद हम दोनों में जो अन्तर हो गया था, वह सोचने में मगन था।

मैंने पूछा- 'तुम्हें कभी हमारी याद आयी थी गया? सच कहना।'

गया झेंपता हुआ बोला- 'मैं आपको क्या याद करता हुजूर, किस लायक हूं। भाग्य में आपके साथ कुछ दिन खेलना बदा था, नहीं तो मेरी क्या गिनती।'

मैंने कुछ उदास होकर कहा - 'लेकिन मुझे तो बराबर तुम्हारी याद आती थीं। तुम्हारा वह डण्डा, जो तुमने तानकर जमाया था, याद है न?'

गया ने पछताते हुए कहा-'वह लड़कपन था सरकार, उसकी याद न दिलाओ।'

'वाह! वह मेरे बाल-जीवन की सबसे रसीली याद है। तुम्हारे उस डंडे में जो रस था, वह तो अब न आदर-सम्मान में पाता हूं, न धन में। कुछ ऐसी मिठास थी उसमें कि आज तक उससे मन मीठा होता रहता है।'

इतनी देर में हम बस्ती से कोई तीस मील दूर निकल आये हैं। चारों तरफ सन्नाटा है। पश्चिम की ओर कोसों तक भीमताल फैला हुआ है, जहां आकर हम किसी समय कमल के पुष्प तोड़ ले जाते थे और उसके झुमके बनाकर कानों में डाल लेते थे। जेठ की संध्या केसर में डूबी चली आ रही है। मैं लपककर एक पेड़ पर चढ़ गया और एक टहनी काट लाया। चटपट गुल्ली-डण्डा बन गया।

खेल शुरू हो गया। मैंने गुच्ची में गुल्ली रखकर उछाली। गुल्ली गया के सामने से निकल गयी। उसने हाथ लपकाया जैसे मछली पकड़ रहा हो। गुल्ली उसके पीछे जाकर गिरी। यह वही गया है, जिसके हाथों में गुल्ली जैसे आप-ही-आप जाकर बैठ जाती थी। वह दाहिने-बायें कहीं हो, गुल्ली उसकी हथेलियों में ही पहुंचती थी। जैसे गुल्लियों पर वशीकरण डाल देता हो। नई गुल्ली, पुरानी गुल्ली, छोटी गुल्ली, बड़ी गुल्ली, नोकदार गुल्ली, सपाट गुल्ली, सभी उसे मिल जाती थी। जैसे उसके हाथों में कोई चुंबक हो, जो गुल्लियों को खींच लेता हो, लेकिन आज गुल्ली को उससे प्रेम नहीं रहा। फिर तो मैंने पदाना शुरू किया। मैं तरह-तरह की धांधलियां कर रहा था। अभ्यास की कसर बेईमानी से पूरी कर रहा था। हुच जाने पर भी डण्डा खेले जाता था, हालांकि शास्त्र के अनुसार गया की बारी आनी चाहिए थी। गुल्ली पर जब ओछी चोट पड़ती और वह जरा दूरी पर गिर पड़ती, तो मैं झटपट उसे खुद उठा लेता और दोबारा टांड लगाता।

गया यह सारी बेकायदगियां देख रहा था, पर कुछ न बोलता था, जैसे उसे वह सब कायदे-कानून भूल गये। उसका निशाना कितना अचूक था। गुल्ली उसके हाथ से निकलकर टन से डण्डे में आकर लगती थी। उसके हाथ से छूटकर उसका काम था डण्डे से टकरा जाना, लेकिन आज वह गुल्ली डण्डे में लगती ही नहीं। कभी दाहिने जाती है, कभी बायें, कभी आगे, कभी पीछे।

आधे घंटे पदाने के बाद एक बार गुल्ली डंडे में आ लगी। मैंने धांधली की, गुल्ली डण्डे में नहीं लगी, बिलकुल पास से गयी; लेकिन लगी नहीं।

गया ने किसी प्रकार का असंतोष न प्रकट किया।

'न लगी होगी।'

'डण्डे में लगती तो क्या मैं बेईमानी करता?'

'नहीं भैया, तुम भला बेईमानी करोगे।'

बचपन में मजाल थी कि मैं ऐसा घपला करके जीता बचता। यही गया गरदन पर चढ़ बैठता, लेकिन आज मैं उसे कितनी आसानी से धोखा दिये चला जाता था। गधा है! सारी बातें भूल गया।

सहसा गुल्ली फिर डण्डे में लगी और इतने जोर से लगी जैसे बंदूक से छूटी हो। इस प्रमाण के सामने अब किसी तरह की धांधली करने का साहस मुझे इस वक्त भी न हो सका, लेकिन क्यों न एक बार सच को झूठ बनाने की चेष्टा करूं? मेरा हरज ही क्या है। मान गया तो वाह-वाह, नहीं तो दो-चार हाथ पदना ही तो पड़ेगा। अंधेरे का बहाना करके जल्दी से गला छुड़ा लूंगा। फिर कौन दांव देने आता है।

गया ने विजय के उल्लास में कहा- 'लग गयी, लग गयी! टन से बोली।'

मैंने अनजान बनने की चेष्टा करके कहा– 'तुमने लगते देखा? मैंने तो नहीं देखा।'

'टन से बोली है सरकार!'

'और जो किसी ईंट में लग गयी हो?'

मेरे मुख से यह वाक्य उस समय कैसे निकला, इसका मुझे खुद आश्चर्य है। इस सत्य को झुठलाना वैसे ही था जैसे दिन को रात बताना। हम दोनों ने गुल्ली को डण्डे में जोर से लगते देखा था, लेकिन गया ने मेरा कथन स्वीकार कर लिया।

'हां, किसी ईंट में ही लगी होगी। डण्डे में लगती, तो इतनी आवाज न आती।'

मैंने फिर पदाना शुरू कर दिया; लेकिन प्रत्यक्ष धांधली कर लेने के बाद, गया की सरलता पर मुझे दया आने लगी, इसलिए जब तीसरी बार गुल्ली डण्डे में लगी, तो मैंने बड़ी उदारता से दांव देना तय कर लिया।

गया ने कहा – 'अब तो अंधेरा हो गया है भैया, कल पर रखो।'

मैंने सोचा, कल बहुत-सा समय होगा, यह न जाने कितने देर पदाये, इसलिए इसी वक्त मुआमला साफ कर लेना अच्छा होगा।

'नहीं, नहीं। अभी बहुत उजाला है, तुम अपना दांव ले लो।'

'गुल्ली सूझेगी नहीं।'

'कुछ परवाह नहीं।'

गया ने पदाना शुरू किया, पर उसे बिलकुल अभ्यास न था। उसने दो बार टांड लगाने का इरादा किया, पर दोनों ही बार हुच गया। एक मिनट से कम में वह दांव पूरा कर चुका। बेचारा घण्टा भर पदा, पर एक मिनट ही में अपना दांव खो बैठा। मैंने अपने हृदय की विशालता का परिचय दिया।

'एक दांव और खेल लो। तुम पहले ही हाथ में हुच गये।'

'नहीं भैया, अब अंधेरा हो गया।'

'तुम्हारा अभ्यास छूट गया। क्या कभी खेलते नहीं?'

'खेलने का समय कहां मिलता है भैया!'

हम दोनों मोटर पर जा बैठे और चिराग जलते-जलते पड़ाव पर पहुंच गये। गया चलते-चलते बोला- 'कल यहां गुल्ली-डण्डा होगा। सभी पुराने खिलाड़ी खेलेंगे। आप भी आओगे? जब आपको फुरसत हो, तभी खिलाड़ियों को बुलाऊं।'

मैंने शाम का समय दिया और दूसरे दिन मैच देखने आया। कोई दस-दस आदमियों की मण्डली थी। कई मेरे लड़कपन के साथी निकले। अधिकांश युवक थे, जिन्हें मैं पहचान न सका। खेल शुरू हुआ। मैं मोटर पर बैठा-बैठा तमाशा देखने लगा। आज गया का खेल, उसका वह नैपुण्य देखकर मैं चकित हो गया। टांड लगाता, तो गुल्ली आसमान से बातें करती। कल की-सी वह झिझक, वह हिचकिचाहट, वह बेदिली आज न थी। लड़कपन में जो बात थी, आज उसने प्रौढ़ता प्राप्त कर ली थी। कहीं कल इसे मुझे इस तरह पदाया होता, तो मैं जरूर रोने लगता। उसके डण्डे की चोट खाकर गुल्ली दो सौ गज की खबर लाती थी।

पदने वालों में एक युवक ने धांधली की! उसने अपने विचार में गुल्ली रोक ली थी। गया का कहना था - गुल्ली जमीन में लगकर उछली थी। इस पर दोनों में ताल ठोंकने की नौबत आयी। युवक दब गया। गया का तमतमाया हुआ चेहरा देखकर वह डर गया। अगर वह दब न जाता, तो जरूर मारपीट हो जाती। मैं खेल में न था; पर दूसरों के इस खेल में मुझे वही लड़कपन का आनन्द आ रहा था, जब हम सब कुछ भूलकर खेल में मस्त हो जाते थे। अब मुझे मालूम हुआ कि कल गया ने मेरे साथ खेला नहीं,

केवले खेलने का बहाना किया। उसने मुझे दया का पात्र समझा। मैंने धांधली की, बेईमानियां कीं; पर उसे ज़रा भी क्रोध न आया। इसलिए कि वह खेल नहीं रहा था, मुझे खेला रहा था, मेरा मान रख रहा था। वह मुझे पदाकर मेरा कचूमर नहीं निकालना चाहता था। मैं अब अफसर हूं। यह अफसरी मेरे और उसके बीच में दीवार बन गयी है। अब मैं उसका लिहाज पा सकता हूं, अदब पा सकता हूं, साहचर्य नहीं पा सकता। लड़कपन था, तब मैं उसका समकक्ष था। हममें कोई भेद न था। यह पद पाकर अब मैं केवल उसकी दया के योग्य हूं। वह मुझे अपना जोड़ नहीं समझता। वह बड़ा हो गया है, मैं छोटा हो गया हूं।

सुहाग की साड़ी

यह कहना भूल है कि दांपत्य- सुख के लिए स्त्री-पुरुष के स्वभाव में मेल होना आवश्यक है। श्रीमती गौरा और श्रीमान कुंवर रतनसिंह में कोई बात न मिलती थी। गौरा उदार थी, रतनसिंह कौड़ी-कौड़ी को दांतो से पकड़ते थे। वह हसंमुख थी, रतनसिंह चिन्ताशील थे। वह कुल-मर्यादा पर जान देती थी, रतनसिंह इसे आडम्बर समझते थे। उनके सामाजिक व्यवहार और विचार में भी घोर अंतर था। यहां उदारता की बाजी रतनसिंह के हाथ थी। गौरा को सहभोज से आपत्ति थी, विधवा-विवाह से घृणा और अछूतों के प्रश्न से विरोध। रतनसिंह इन सभी व्यवस्थाओं के अनुमोदक थे। राजनीतिक विषयों में यह विभिन्नता और भी जटिल थी। गौरा वर्तमान स्थिति को अमर, अटल, अपरिहार्य समझती थी, इसलिए वह नरम-गरम, कांग्रेस, स्वराज्य, होमरूल सभी से विरक्त थी। कहती- 'ये मुट्ठी भर-पढ़े लिखे आदमी क्या बना लेंगे, चने कहीं भाड़ फोड़ सकते है? रतनसिंह पक्के आशावादी थे, राजनीतिक-सभा की पहली पंक्तियों में बैठने वाले, कर्म-क्षेत्र में सबसे पहले कदम उठाने वाले, स्वदेश-व्रत-धारी और बहिष्कार के पूरे अनुयायी। इतनी विषमताओं पर भी उनका दाम्पत्य-जीवन सुखमय था। कभी-कभी उनमें मतभेद अवश्य हो जाता था, पर वे समीर के झोंके थे, जो स्थिर जल को हल्की-हल्की

लहरों से आभूषित कर देते हैं, वे प्रचंड झोंके नहीं जिनसे सागर विप्लव-क्षेत्र बन जाता हैं। थोड़ी सी सदिच्छा सारी विषमताओं और मतभेदों का प्रतिकार कर देती थी।

2

विदेशी कपड़ों की होलियां जलायी जा रही थीं। स्वयं सेवकों के जत्थे भिखारियों की भांति द्वारों पर खड़े हो-होकर विलायती कपड़ों की भिक्षा मांगते थे और कदाचित ही कोई द्वार था, जहां उन्हें निराश होना पड़ता हो। खद्दर और गाढ़े के दिन फिर गए थे। नयनसुख, नयन दुख, मलमल मनमल और तनज़ेब तनबेध हो गए थे। रतनसिंह ने आकर गौरा से कहा- 'लाओ? अब सब विदेशी कपड़े संदूक से निकाल दो, दे दूं।'

गौरा- 'अरे, तो इसी घड़ी कोई साइत निकली जाती है, फिर कभी दे देना।'

रतन- 'वाह, लोग द्वार पर खड़े कोलाहल मचा रहे है और तुम कहती हो, फिर कभी दे देना।'

गौरा- 'तो यह कुंजी लो, निकालकर दे दो। मगर यह सब है लड़कों का खेल। घर फूंकने से स्वराज्य न कभी मिला है और न मिलेगा।'

रतन- 'मैंने कल ही तो इस विषय पर तुमसे घंटो सिरपच्ची की थी और उस समय तुम मुझसे सहमत हो गई थी, आज तुम फिर वही शंकाएँ करने लगी?'

गौरा- 'मैं तुम्हारे अप्रसन्न हो जाने के डर से चुप हो गयी थी।'

रतन- 'अच्छा, शंकाए फिर कर लेना, इस समय जो करना है, वह करो।'

गौरा- 'लेकिन मेरे कपड़े तो न लोगे न?'

    शतरंज के खिलाड़ी और अन्य कहानियां

रतन– 'सब देने पड़ेंगे, विलायत का एक सूत भी घर में रखना मेरे प्रण को भंग कर देगा।'

इतने में रामटहल साईस ने बाहर से पुकारा– 'सरकार, लोग जल्दी मचा रहे हैं, कहते हैं, अभी कई मुहल्लों का चक्कर लगाना है। कोई गाढे का टुकड़ा हो तो मुझे भी मिल जायें, मैनें भी अपने कपड़े दे दिए।'

केसर महरी कपड़ों की गठरी लेकर बाहर जाती हुई दिखाई दी। रतनसिंह ने पूछा– 'क्या तुम भी अपने कपड़े देने जाती हो?'

केसर ने लजाते हुए कहा– 'हां, सरकार, जब देश छोड़ रहा है तो मैं कैसे पहनूं?'

रतन सिंह ने गौरा की ओर आदेशपूर्ण नेत्रों से देखा। अब वह विलंब न कर सकी। लज्जा से सिर झुकाए संदूक खोलकर कपड़े निकालने लगी। एक संदूक खाली हो गया तो उसने दूसरा संदूक खोला। सबसे ऊपर एक सुंदर रेशमी सूट रखा हुआ था, जो कुंवर साहब ने किसी अंग्रेजी कारखाने में सिलाया था। गौरा ने पूछा– 'क्या यह सूट भी निकाल दूं?'

रतन– 'हां, हां इसे किस दिन के लिए रखोगी?'

गौरा– 'यदि मैं जानती कि इतनी जल्दी हवा बदलेगी, तो कभी यह सूट न बनवाने देती। सारे रुपए खून हो गए।'

रतनसिंह ने कुछ उत्तर न दिया। तब गौरा ने अपना संदूक खोला और जलन के मारे स्वदेशी-विदेशी सभी कपड़े निकाल-निकालकर फेंकने लगी। वह आवेश प्रवाह में आ गयी। उनमें कितनी ही बहुमूल्य फैंसी जाकेट और साड़िया थी, जिन्हें किसी समय पहनकर वह फूली न समाती थी। बाज-बाज साड़ियों के लिए तो उसे रतनसिंह से बार-बार तकाजे करने पड़े थे। पर इस समय सब-की-सब आंखों में खटक रही थी। रतन सिंह उसके

भावों को ताड़ रहे थे। विदेशी कपड़ों का निकाला जाना उन्हें अखर रहा था, पर इस समय चुप रहने ही में कुशल समझते थे। तिस पर भी दो-एक बार वाद-विवाद की नौबत आ ही गयी। एक बनारसी साड़ी के लिए तो वह झगड़ बैठे, उसे गौरा के हाथों से छीन लेना चाहा, पर गौरा ने एक न मानी, निकाल ही फेंका, सहसा संदूक में से एक केसरिया रंग की तनज़ेब की साड़ी निकल आयी, जिस पर पक्के आंचल और पल्ले टंके हुए थे। गौरा ने उसे जल्दी से लेकर अपनी गोद में छिपा लिया।

रतन सिंह ने पूछा– 'कैसी साड़ी है?'

गौरा– 'कुछ नहीं, तनज़ेब की साड़ी है। आंचल पक्का है।'

रतन– 'तनज़ेब की है, तब तो जरूर ही विलायती होगी। दो अलग क्यों रख लिया? क्या वह बनारसी साडियों से अच्छी है?'

गौरा– 'अच्छी तो नही हैं, पर मैं इसे न दूंगी।'

रतन– 'वाह, इस विलायती चीज को मैं न रखने दूंगा, लाओ इधर।'

गौरा– 'नहीं, मेरी खातिर इसे रहने दो।

रतन– 'तुमने मेरी खातिर एक भी चीज न रखी, मैं क्यों तुम्हारी खातिर करूं?'

गौरा– 'पैरों पड़ती हूं, जिद न करो।'

रतन– 'स्वदेशी साड़ियों में से जो चाहो रख लो, लेकिन इस विलायती चीज को मैं न रखने दूंगा। इसी कपड़े की बदौलत हम गुलाम बने, यह गुलामी का दाग मैं अब नहीं रख सकता, लाओ इधर।'

गौरा– 'मैं इसे न दूंगी, एक बार नहीं, हजार बार कहती हूं कि न दूंगी।'

रतन– 'मैं इसे लेकर छोड़ूंगा, इस गुलामी के पटके को, इस दासत्व के बंधन को किसी तरह न रखूंगा।'

  शतरंज के खिलाड़ी और अन्य कहानियां

गौरा- 'नाहक जिद करते हो।'

रतन- 'आखिर तुमको इससे क्यों इतना प्रेम है।'

गौरा- 'तुम तो बाल की खाल निकालने लगते हो। इतने कपड़े थोड़े हैं? एक साड़ी रख ही ली तो क्या?'

रतन- 'तुमने अभी तक इन होलियों का आशय ही नहीं समझा।'

गौरा- 'खूब समझती हूं। सब ढोंग है। चार दिन में जोश ठंडा पड़ जायेगा।'

रतन- 'तुम केवल इतना बतला दो कि एक साड़ी तुम्हें क्यों इतनी प्यारी है, तो शायद मैं मान जाऊं।

गौरा- 'यह मेरी सुहाग की साड़ी है।'

रतन- (जरा देर सोचकर) 'तब तो मैं इसे कभी न रखूंगा। मैं विदेशी वस्त्र को यह शुभ स्थान नहीं दे सकता। इस पवित्र संस्कार का यह अपवित्र स्मृति- चिह्न घर में नहीं रख सकता। मैं इसे सबसे पहले होली की भेंट करूंगा। लोग कितने हतबुद्धि हो गए थे कि ऐसे शुभ कार्यों में भी विदेशी वस्तुओं का व्यवहार करने में संकोच न करते थे। मैं इसे अवश्य होली में दूंगा।

गौरा- 'कैसा अशगुन मुंह से निकालते हो।'

रतन- 'ऐसी सुहाग की साड़ी का घर रखना ही अपशकुन, अमंगल, अनिष्ट और अनर्थ है।'

गौरा- 'यों चाहे जबरदस्ती छीन ले जाओ, पर खुशी से न दूंगी।'

रतन- 'तो फिर मैं जबरदस्ती ही करूंगा। मजबूरी है।'

यह कहकर वह लपके कि गौरा के हाथों से साड़ी छीन लूं।

गौरा ने उसे मजबूती से पकड़ लिया और रतन की ओर कातर नेत्रों से देखकर कहा- 'तुम्हें मेरे सिर की कसम।'

केसर महरी बोली- 'बहूजी की इच्छा है तो रहने दीजिए।'

रतन सिंह के बढ़े हुए हाथ रुक गए, मुख मलिन हो गया। उदास होकर बोले, मुझे अपना व्रत तोड़ना पड़ेगा। प्रतिज्ञा-पत्र पर झूठे हस्ताक्षर करने पड़ेंगे। खैर, यही सही।

3

शाम हो गयी थी। द्वार पर स्वयंसेवकगण शोर मचा रहे थे, 'कुंवर साहब, जल्दी आइए। श्रीमतीजी से भी कह दीजिए, हमारी प्रार्थना स्वीकार करें। बहुत देर हो रही है, उधर रतनसिंह असमंजस में पड़े हुए थे कि प्रतिज्ञा-पत्र पर कैसे हस्ताक्षर करूं। विदेशी वस्त्र घर में रखकर स्वदेशी व्रत का पालन क्यों कर होगा? आगे कदम बढ़ा चुका हूं, पीछे नहीं हटा सकता। लेकिन प्रतिज्ञा का अक्षरश: पालन करना अभीष्ट भी तो नहीं, केवल उसके आशय पर लक्ष्य रहना चाहिए। इस विचार से मुझे प्रतिज्ञा- पत्र पर हस्ताक्षर करने का पूरा अधिकार है। त्रियाहठ के सामने किसी की नहीं चलती। यों चाहूं तो एक ताने में काम निकल सकता है, पर उसे बहुत दु:ख होगा, बड़ी भावुक है। उसके भावों का आदर करना मेरा कर्तव्य है।

गौरा भी चिंता में डूबी हुई थी। सुहाग की साड़ी का चिह्न है, उसे आग कितने अशकुन की बात है। ये कभी-कभी बालकों की भांति ज़िद करने लगते हैं, अपनी धुन में किसी की सुनते नहीं। बिगड़ते हैं तो मानो मुंह नहीं सीधा होता।

लेकिन वे बेचारे भी तो अपने सिद्धांतों से मजबूर हैं। झूठ से उन्हें घृणा है। प्रतिज्ञा-पत्र पर झूठी स्वीकृति लिखनी पड़ेगी, उनकी आत्मा को बड़ा दु:ख होगा, और धर्मसंकट में पड़े होंगे। वह भी तो नहीं हो सकता कि सारे शहर में स्वदेशानुरागियों के सिरमौर बनकर उस प्रतिज्ञा-पत्र पर

शतरंज के खिलाड़ी और अन्य कहानियां

हस्ताक्षर करने से आना-कानी करें। कहीं मुंह दिखाने को जगह न रहेगी। लोग समझेंगे, बना हुआ है। पर शकुन की चीज कैसे दूं?'

इतने में उसने रामटहल साईस को सिर पर कपड़ों का गट्ठर लिए बाहर जाते देखा। केसर महरी भी एक गट्ठर सिर पर रखे हुए थी। पीछे-पीछे रतन सिंह हाथ में प्रतिज्ञा-पत्र लिए जा रहे थे। उनके चेहरे पर ग्लानि की झलक थी, जैसे कोई सच्चा आदमी झूठी गवाही देने जा रहा हो। गौरा को देखकर उन्होंने आंखें फेर ली और चाहा कि उसकी निगाह बचाकर निकल जाऊं। गौरा को ऐसा जान पड़ा कि उनकी आंखें डबडबाई हुई हैं। वह राह रोककर बोली- 'जरा सुनते जाओ।'

रतन- 'जाने दो, दिक न करो, लोग बाहर खड़े हैं।'

उन्होंने चाहा कि पत्र को छिपा लूं, पर गौरा ने उसे उनके हाथ से छीन लिया, उसे गौर से पढ़ा और एक क्षण चिंता-मग्न रहने के बाद बोली- 'वह साड़ी भी लेते जाओ।'

रतन- 'रहने दो, अब तो मैंने झूठ लिख ही दिया।'

गौरा- 'मैं क्या जानती थी कि तुम ऐसी कड़ी प्रतिज्ञा कर रहे हो।'

रतन- 'यह तो मैं तुमसे पहले कह चुका था।'

गौरा- 'मेरी भूल थी, क्षमा कर दो और इसे लेते जाओ।'

रतन- 'जब तुम इसे देना अशगुन समझती हो तो रहने दो। तुम्हारी खातिर थोड़-सा झूठ बोलने में मुझे कोई आपत्ति नहीं है।'

गौरा- 'नहीं, लेते जाओ। अमंगल के भय से तुम्हारी आत्मा का हनन नहीं करना चाहती।'

यह कहकर उसने अपनी सुहाग की साड़ी उठाकर पति के हाथों में रख दी। रतन ने देखा, गौरा के चेहरे पर एक रंग आता

है, एक रंग जाता है, जैसे कोई रोगी अंतरस्थ विषम वेदना को दबाने की चेष्टा कर रहा हो। उन्हें अपनी अहृदयता पर लज्जा आयी। हां, केवल अपने सिद्धांत की रक्षा के लिए, अपनी आत्मा के सम्मान के लिए, मैं इस देवी के भावों का वध कर रहा हूं? यह अत्याचार है। साड़ी गौरा को देकर बोले- 'तुम इसे रख लो, मैं प्रतिज्ञा-पत्र को फाड़े डालता हूं।'

गौरा ने दृढ़ता से कहा- 'तुम न ले जाओंगे तो मैं खुद जाकर दे आऊंगी।'

रतनसिंह विवश हो गए। साड़ी ली और बाहर चले आए।

4

उसी दिन से गौरा के हृदय पर एक बोझ-सा रहने लगा। वह दिल बहलाने के लिए नाना उपाय करती, जलसों में भाग लेती, सैर करने जाती, मनोरंजक पुस्तकें पढ़ती, यहां तक कि कई बार नियम के विरुद्ध थिएटरों में भी गयी, किसी प्रकार अमंगल कल्पना को शांत करना चाहती थी, पर यह आशंका एक मेघ-मंडल की भांति उसके हृदय पर छाई रहती थी।

जब पूरा एक महीना गुजर गया और उसकी मानसिक वेदना दिनों-दिन बढ़ती ही गयी, तो कुंवर साहब ने उसे कुछ दिनों के लिए अपने इलाके पर ले जाने का निश्चय किया। उनका मन उन्हें उनके आदर्श-प्रेम पर नित्य तिरस्कार किया करता था। वह अक्सर देहातों में प्रचार का काम करने जाया करते थे। पर अब अपने गांव से बाहर जाते तो संध्या तक ज़रूर लौट आते। उनकी एक दिन की देर, उनका साधारण सिरदर्द और जुकाम उसे अव्यवस्थित कर देते थे। वह बहुधा बुरे स्वप्न देखा करती। किसी अनिष्ट के काल्पनिक अस्तित्व की छाया उसे अपने चारों और मंडराती हुई प्रतीत हो रही थी।

          शतरंज के खिलाड़ी और अन्य कहानियां

वह तो देहात में पड़ी हुई आशंकाओं की कठपुतली बनी हुई थी। इधर उसकी सुहाग की साड़ी स्वदेशी-प्रेम की वेदी पर भस्म होकर ऋषि- प्रदायिनी भभूत बनी हुई थी।

दूसरे महीने के अंत में रतनसिंह उसे लेकर लौट आए।

5

गौरा को वापस आए तीन-चार दिन हो चुके थे, अब असबाब के संभालने और नियत स्थान पर रखने में वह इतनी व्यस्त रही कि घर से बाहर न निकल सकी थी। कारण यह था कि केसर महरी उसके जाने के दूसरे ही दिन काम छोड़कर चली गयी थी और अभी चतुर दूसरी महरी मिली न थी। कुंवर साहब का साईस रामटहल भी छोड़ गया था। बेचारे कोचवान को साईस का भी काम करना पड़ता था।

संध्या का समय था। गौरा बरामदे में बैठी आकाश की ओर एकटक होकर ताक रही थी। चिंताग्रस्त प्राणियों का एकमात्र यही अवलम्ब है। सहसा रतनसिंह ने आकर कहा- 'चलो, आज तुम्हें स्वदेशी बाजार की सैर करा लावें। यह मेरा ही प्रस्ताव था, पर चार दिन यहां आए हो गए, इधर जाने का अवकाश ही न मिला।'

गौरा- 'मेरा तो जाने को जी नहीं चाहता। यहीं बैठकर कुछ बातें करो।'

रतन- 'नहीं, चलों देख आवें। एक घंटे में लौट आएंगे।'

अंत में गौरा राजी हो गयी। इधर महीनों से वह बाहर न निकली थी। आज उसे चारों तरफ एक विचित्र शोभा दिखाई दी। बाजार कभी इतने रौनक पर न था। वह स्वदेशी बाज़ार में पहुंची तो जुलाहों और कोरियों को अपनी-अपनी दुकानें सजाए बैठे देखा। सहसा एक वृद्ध कोरी ने आकर रतनसिंह को सलाम किया। रतनसिंह चौंककर बोले- 'रामटहल, तुम अब कहां हो?'

रामटहल का चेहरा श्री संपन्न था। उसके अंग-अंग से आत्म-सम्मान की आभा झलक रही थी। आंखों में गौरव-ज्योति थी। रतनसिंह को कभी अनुमान न हुआ था कि अस्तबल साफ करने वाला, बुडढा रामटहल इतना सौम्य, इतना भद्र पुरुष है। वह बोला- 'सरकार अब तो अपना कारबार करता हूं। जब से आपकी गुलामी छोड़ी तब से अपने काम में लग गया। आप लोगों की निगाह हम गरीबों पर हो गयी कि हमारा भी गुजर हो रहा है, नहीं तो आप जानते ही है कि किस हालत में पड़ा हुआ था। जात का कोरी हूं, पर पापी पेट के लिए चमार बन गया था।'

रतन- 'तो भाई, अब मुंह मीठा कराओ। यह बाजार लगाने की मेरी ही सलाह थी, बिक्री तो अच्छी होती है?'

रामटहल- 'हां, सरकार आजकल खूब बिक्री हो रही है। माल हाथों-हाथ उड़ जाता है। यहां बैठते हुए एक महीना हो गया है, पर आपकी कृपा से लोगों के चार पैसे थे, वे बेबाक हो गए। भगवान की दया से रुखा-सूखा भोजन भी दोनों समय मिल जाता है। और क्या चाहिए। मालकिन की सुहाग की साड़ी का होली में आना कहिए और बाज़ार का चमकना कहिए। लोगों ने कहा, जब इतने बड़े आदमी होकर ऐसे शकुन की चीज की परवाह नहीं करते तो फिर विदेशी कपड़े क्यों रखें? जिस दिन होली जली है, उसके दो-तीन दिन पहले ही सरकार इलाके पर चले गए थे। उसके पहले भी सरकार कई दिनों तक घर से बहुत कम निकलते थे। मैं तो यही कहूंगा कि यह सारी माया उसी सुहाग की साड़ी की है।'

इतने में एक अधेड़ स्त्री गौरा के सामने आकर बोली- 'बहूजी, मुझे भूल तो नहीं गईं? गौरा ने सिर उठाया तो सामने केसर महरी खड़ी थी। वह सुंदर साड़ी पहने हुए थी, हाथ-पांव

  शतरंज के खिलाड़ी और अन्य कहानियां

में मामूली गहने भी थे, चेहरा खिला हुआ था। स्वाधीन जीवन का गौरव एक-एक भाव से प्रस्फुटित हो रहा था।

गौरा ने कहा- 'इतनी जल्दी भूल जाऊंगी? अब कहां हो? हमें लौटने भी न दिया, बीच में ही उड़ भागी।'

केसर- 'क्या करूं सरकार, अपना काम चलते देखकर सबर न हो सका। जब तक रोजगार न चलता था, तब तक लाचारी थी। पेट के लिए सेवा-टहल, करम-कुकरम, सभी करना पड़ता था। अब आप लोगों की दया से हमारे भी दिन लौटे हैं, अब दूसरा काम नहीं किया जाता। अगर बाजार का यही रंग रहा तो अपनी कमाई खाए न चुकेगी। यह सब आपकी साड़ी की महिमा है। उसकी बदौलत हम गरीबों के कितने ही घर बस गए। एक महीना पहले इन दुकान वालों में से किसी को रोटियों का ठिकाना न था। कोई साइसी करता था, कोई तासे बजाता था, यहां तक कि कई आदमी मेहतर का काम करते थे। कितने ही भीख मांगते थे। अब सब अपने धंधे में लग गए है। सच पूछो तो तुम्हारी सुहाग की साड़ी ने हमें सुहागिन बना दिया, नहीं तो हम सुहागिन होते हुए भी विधवाएं ही थी। सच कहती हूं, सैकड़ों जबानों से नित्य ही दुआ निकलती है कि आपका सुहाग अमर हो, जिसने हमारी रांड जात को सुहाग दान दिया।

रतन सिंह एक दुकान पर बैठकर कुछ कपड़े देखने लगे। गौरा का भावुक-हृदय आनंद से पुलकित हो रहा था। उसकी सारी अमंगल कल्पनाएं स्वप्नवत् विच्छिन्न हो जाती थी। आंखें सजल हो गयी थी और सुहाग की देवी अश्रुसिंचित नेत्रों के सामने खड़ी आंचल फैलाकर उसे आशीर्वाद दे रही थी।

उसने रतनसिंह को भक्तिपूर्ण आंखों से देखकर कहा- 'मेरे लिए भी एक साड़ी ले लो।' जब गौरा यहां से चली तो सड़क की

बिजलियां जल चुकी थी, सड़कों पर खूब प्रकाश था। उसका हृदय भी आनन्द के प्रकाश से जगमगा रहा था।

रतनसिंह ने पूछा- 'सीधे घर चलूं?'

गौरा- 'नहीं, छावनी की तरफ चलो।'

रतन- 'बाजार खूब सजा हुआ था।'

गौरा- 'यह ज़मीन लेकर एक स्थायी बाजार बनवा दो। स्वदेशी कपड़ों की दुकाने हों और किसी से किराया न लिया जाये।'

रतन- 'बहुत खर्च पड़ेगा।'

गौरा- 'मकान बेच दो, रुपये-ही-रुपये हो जाएंगे।'

रतन- 'और रहें पेड़ तले?'

गौरा- 'नहीं, गांववाले मकान में।'

रतन- 'सोचूंगा।'

गौरा- (जरा देर में) 'इलाके-भर में खूब कपास की खेती कराओ, जो कपास बोए उसकी बेगार माफ कर दो।'

रतन- 'हां तदबीर अच्छी है, दूनी उपज हो जायेगी।'

गौरा- (कुछ देर सोचने के बाद) 'लकड़ी बिना दाम दो तो कैसा हो? जो चाहे, चरखे बनवाने के लिए कटा ले जाये।'

रतन- 'लूट मच जायेगी।'

गौरा- 'ऐसी बेईमानी कोई न करेगा।'

जब उसने गाड़ी से उतरकर घर में कदम रखा, तो चित्त शुभ कल्पनाओं से प्रफुल्लित हो रहा था। मानो कोई बछड़ा खूंटे से छूटकर किलोलें कर रहा हो।

प्रेरणा

मेरी कक्षा में सूर्यप्रकाश से ज्यादा ऊधमी कोई लड़का न था। बल्कि यों कहो कि अध्यापन-काल के दस वर्षों में मुझे ऐसी विषम प्रकृति के शिष्य से साबिक़ा न पड़ा था। कपट-क्रीड़ा में उसकी जान बसती थी। अध्यापकों को बनाने और चिढ़ाने, उद्योगी बालकों को छेड़ने और रुलाने में ही उसे आनंद आता था। ऐसे-ऐसे षड्यंत्र रचता, ऐसे-ऐसे फदें डालता, ऐसे-ऐसे मंसूबे बाँधता कि देखकर आश्चर्य होता था। गिरोहबंदी में अभ्यस्त था।

खुदाई फौजदारों की एक फौज बना ली थी और उसके आंतक से शाला पर शासन करता था। मुख्य अधिष्ठाता की आज्ञा टल जाए, मगर क्या मजाल कि कोई उसके हुक्म की अवज्ञा कर सके। स्कूल के चपरासी और अर्दली उससे थर-थर काँपते थे। इंस्पेक्टर का मुआयना होने वाला था। मुख्य अधिष्ठाता ने हुक्म दिया कि लड़के निर्दिष्ट समय से आधा घंटा पहले आ जाएँ। मतलब यह था कि लड़कों को मुआयने के बारे में कुछ जरूरी बातें बता दी जाएँ। मगर दस बज गए, इंस्पेक्टर साहब आकर बैठ गए और मदरसे में एक लड़का भी नहीं। ग्यारह बजे सब छात्र इस तरह निकल पड़े, जैसे पिंजड़ा खोल दिया हो। इंस्पेक्टर साहब ने कैफियत में लिखा-डिसिप्लिन बहुत खराब है। प्रिंसिपल साहब की किरकिरी हुई, अध्यापक बदनाम हुए और यह सारी शरारत

सूर्यप्रकाश की थी। मगर बहुत पूछताछ करने पर किसी ने सूर्यप्रकाश का नाम तक नहीं लिया। मुझे अपनी संचालन-विधि पर गर्व था। ट्रेनिंग कॉलेज में इस विषय में मैंने ख्याति प्राप्त की थी। मगर यहाँ मेरा सारा संचालन-कौशल मोर्चा खा गया था। कुछ अक्ल ही काम नहीं करती कि शैतान को कैसे मार्ग पर लाएँ। कई बार अध्यापकों की बैठक हुई, पर यह गिरह न खुली। नई शिक्षा विधि के अनुसार मैं दंड-नीति का पक्षपाती न था, मगर हम यहाँ इस नीति से केवल विरक्त थे कि कहीं उपचार रोग से असाध्य न हो जाएं। सूर्यप्रकाश को स्कूल से निकाल देने का प्रस्ताव भी किया गया, पर इसे अपनी अयोग्यता का प्रमाण समझकर हम इस नीति का व्यवहार करने का साहस न कर सके। बीस-बाईस अनुभवी और शिक्षण-शास्त्र के आचार्य एक बारह-तेरह साल के उद्दंड बालक का सुधार न कर सके, यह विचार बहुत ही निराशाजनक था। यों तो सारा स्कूल उससे त्राहि-त्राहि करता था, मगर सबसे ज्यादा संकट मुझे भोगना पड़ता था। मैं स्कूल आता तो हरदम यही खटका लगा रहता था कि देखें आज क्या विपत्ति आती है। एक दिन मैंने अपनी मेज की दराज खोली, तो उसमें से एक बड़ा-सा मेंढक निकल पड़ा। मैं चौककर पीछे हटा, तो क्लास में एक शोर मच गया और वह पट्ठा सिर झुकाए नीचे मुस्कुरा रहा था। मुझे आश्चर्य होता था कि यह नीचे की कक्षाओं में कैसे पास हुआ! एक दिन मैंने गुस्से से कहा- 'तुम इस कक्षा से उम्र भर नहीं पास हो सकते।' सूर्यप्रकाश ने अविचलित भाव से कहा- 'आप मेरे पास होने की चिंता न करें। मैं हमेशा पास हुआ हूँ और अब भी हो जाऊँगा।'

'असंभव'।

'असंभव संभव हो जाएगा।'

मैं साश्चर्य उसका मुँह देखने लगा। ज़हीन-से-ज़हीन लड़का भी अपनी सफलता का दावा इतने निर्विवाद रूप से न कर सकता था। मैंने सोचा, वह प्रश्न-पत्र उड़ा लेता होगा। मैंने प्रतिज्ञा की, अबकी इसकी एक चाल भी न चलने दूँगा। देखूं कितने दिन इस कक्षा में पड़ा रहता है। आप घबड़ाकर निकल जाएगा।

वार्षिक परीक्षा के अवसर पर मैंने असाधारण देखभाल से काम लिया, मगर जब सूर्यप्रकाश का उत्तर-पत्र देखा, तो मेरे विस्मय की सीमा न रही। मेरे दो पर्चे थे, दोनों में ही उसके नंबर कक्षा में सबसे अधिक थे। मुझे खूब मालूम था कि वह मेरे किसी पर्चे का कोई भी प्रश्न हल नहीं कर सकता। मैं इसे सिद्ध कर सकता था। मगर उसके उत्तर-पत्रों को क्या करता? लिपि में इतना भेद न था, जो कोई संदेह उत्पन्न कर सकता। मैंने प्रिंसिपल से कहा, तो वह भी चकरा गए, मगर उन्हें भी जान-बूझकर मक्खी निगलनी पड़ी। मैं कदाचित स्वभाव से ही निराशावादी हूँ। अन्य अध्यापक को मैं सूर्यप्रकाश के विषय में जरा भी चिंतित न पाता था। मानो ऐसे लड़कों का स्कूल में आना कोई नई बात नहीं, मगर मेरे लिए वह एक विकट रहस्य था। अगर यही ढंग रहे, तो एक दिन वह या तो जेल में होगा या पागलखाने में।

उसी साल मेरा तबादला हो गया। यद्यपि यहाँ की जलवायु मेरे अनुकूल थी, प्रिंसिपल और अन्य अध्यापकों से मैत्री हो गई थी, मगर मैं अपने तबादले से खुश हुआ, क्योंकि सूर्यप्रकाश मेरे मार्ग का काँटा न रहेगा। लड़को ने मुझे विदाई की दावत दी, और सबके सब स्टेशन तक पहुँचाने आए। उस वक्त सभी लड़के आँखों में आँसू भरे हुए थे। मैं भी अपने आँसुओं को न रोक पाया। सहसा मेरी निगाह सूर्यप्रकाश पर पड़ी, जो सबसे पीछे लज्जित खड़ा था। मुझे ऐसा मालूम हुआ कि उसकी आँखें भी भीगी थी।

मेरा जी बार-बार चाहता था कि चलते-चलते उससे दो-चार बात कर लूँ। शायद वह भी मुझसे कुछ कहना चाहता था, मगर न मैंने पहले बाते की, न उसने; हालाँकि मुझे बहुत दिनों तक इसका खेद रहा। उसकी झिझक तो क्षमा योग्य थी, मेरा अवरोध अक्षम्य था। संभव था, उस करूणा और ग्लानि की दशा में मेरी दो-चार निष्कपट बातें उसके दिल पर असर कर जाती, मगर इन्हीं खोए हुए अवसरों का नाम तो जीवन है। गाड़ी मंद गति से चली। लड़के कई कदम उसके साथ दौड़े। मैं खिड़की से बाहर सिर निकाले खड़ा था। कुछ देर तक मुझे उनके हिलते हुए रूमाल नजर आए। फिर वे रेखाएँ आकाश में विलीन हो गईं। मगर एक अल्पकाय मूर्ति अब भी प्लेटफार्म पर खड़ी थी। मैंने अनुमान किया, वह सूर्यप्रकाश है। उस समय मेरा हृदय किसी विकल कैदी की भांति घृणा, मालिन्य और उदासीनता के बंधनों को तोड़-तोड़कर उससे गले मिलने के लिए तड़प उठा।

नए स्थान की नई चिंताओं ने बहुत जल्दी मुझे अपनी ओर आकर्षित कर लिया। पिछले दिनों की याद एक हसरत बनकर रह गई। न किसी का कोई खत आया, न मैंने कोई खत लिखा। शायद दिनों का यही दस्तूर है। वर्षा के बाद वर्षा की हरियाली कितने दिनों रहती है? संयोग से मुझे इंग्लैंड में विद्याभ्यास करने का अवसर मिल गया। वहाँ तीन साल लग गए। वहाँ से लौटा, तो एक कॉलेज का प्रिंसिपल बना दिया गया। यह सिद्धि मेरे लिए बिलकुल आशातीत थी। मेरी भावना स्वप्न में भी इतनी दूर नहीं उड़ी थी, किंतु पद-लिप्सा अब किसी और भी ऊँची डाली पर आश्रय लेना चाहती थी। शिक्षामंत्री से रब्त-जब्त पैदा किया। मंत्री महोदय मुझ पर कृपा रखते थे, मगर वास्तव में शिक्षा के मौलिक सिद्धांतों का उन्हें ज्ञान न था। मुझे पाकर उन्होंने सारा भार मेरे

ऊपर डाल दिया। घोड़े पर सवार वह थे, लगाम मेरे हाथ में थी फल यह हुआ कि उनके राजनीतिक विपक्षियों से मेरा विरोध हो गया। मुझ पर जा-बेजा आक्रमण होने लगे। मैं सिद्धांत रूप से अनिवार्य शिक्षा का विरोधी हूं। मेरा विचार है कि हर एक मनुष्य को उन विषयों में ज्यादा स्वाधीनता होनी चाहिए, जिसका उससे निज का संबंध है। मेरा विचार है कि यूरोप में अनिवार्य शिक्षा की जरूरत है, भारत में नहीं। भौतिकता पश्चिमी सभ्यता का मूल तत्व है। वहाँ किसी काम की प्रेरणा आर्थिक लाभ के आधार पर होती है। जिंदगी की जरूरतें ज्यादा है, इसलिए जीवन-संग्राम भी अधिक भीषण है। माता-पिता भोग के दास होकर बच्चों को जल्द-से-जल्द कुछ कमाने पर मजबूर करते हैं। इसकी वजह है कि वह मद का त्याग करके एक शिलिंग रोज बचत कर लें, वे अपने कमसिन बच्चे को एक शिलिंग की मजदूरी करने के लिए दबाएंगे। भारतीय जीवन में सात्विक सरलता है। हम उस वक्त तक अपने बच्चों से मजदूरी नहीं कराते, जब तक परिस्थिति हमें विवश न कर दे। दरिद्र-से-दरिद्र हिंदुस्तानी मजदूर भी शिक्षा के उपकारों का कायल है। उसके मन में यह अभिलाषा होती है कि मेरा बच्चा चार अक्षर पढ़ जाए। इसलिए नहीं कि उसे कोई अधिकार मिलेगा, बल्कि केवल इसलिए कि विद्या मानवी शील का श्रृंगार है। अगर यह जानकर भी वह अपने बच्चे को मदरसे नहीं भेजता, तो समझ लेना चाहिए कि वह मजबूर है। ऐसी दशा में उस पर कानून का प्रहार करना मेरी दृष्टि में न्याय-संगत नहीं है। इसके सिवाय मेरे विचार में अभी हमारे देश में योग्य शिक्षकों का अभाव है। अर्द्धशिक्षित और अल्पवेतन पाने वाले अध्यापकों से आप यह आशा नहीं कर सकते है कि वह कोई ऊँचा आदर्श अपने सामने रख सकें। अधिक-से-अधिक इतना ही होगा कि

चार-पाँच वर्ष में बालक को अक्षर का ज्ञान हो जाएगा। मैं इसे पर्वत खोदकर चुहिया निकालने के तुल्य समझता हूँ। वयस प्राप्त हो जाने पर यह मामला एक महीने में आसानी से तय किया जा सकता है। मैं अनुभव से कह सकता हूँ कि युवावस्था में हम जितना ज्ञान एक महीने में प्राप्त कर सकते है, उतना बाल्यकाल में तीन साल में भी नहीं कर सकते, फिर ख़ामख़्वाह बच्चों को मदरसे में कैद करने से क्या लाभ? मदरसे के बाहर रहकर स्वच्छ वायु तो मिलती, प्राकृतिक अनुभव तो प्राप्त होते। पाठशाला में बंद करके तो आप उसके मानसिक और शारीरिक दोनों विधानों की जड़ काट देते है। इसलिए जब प्रांतीय व्यवस्थापिका सभा में अनिवार्य शिक्षा का प्रस्ताव पेश हुआ, तो मेरी प्रेरणा से मिनिस्टर साहब ने उसका विरोध किया। नतीजा यह हुआ कि प्रस्ताव अस्वीकृत हो गया। फिर क्या था? मिनिस्टर साहब और मेरी वह ले-दे हुई कि कुछ न पूछिए। व्यक्तिगत आक्षेप किए जाने लगे। मैं गरीब की बीवी था, मुझे ही सबकी भाभी बनना पड़ा । देशद्रोही, उन्नति का शत्रु और नौकरशाही का गुलाम कहा गया। मेरे कॉलेज में जरा-सी भी कोई बात होती तो कांउन्सिल में मुझ पर वर्षा होने लगती। मैंने चपरासी को पृथक किया। सारी कॉउन्सिल पंजे झाड़कर मेरे पीछे पड़ गई। आखिर मिनिस्टर को मजबूर होकर उस चपरासी को बहाल करना पड़ा। यह अपमान मेरे लिए असह्य था। शायद कोई भी इसे सहन न कर सकता। मिनिस्टर साहब से मुझे शिकायत नहीं। वह मजबूर थे। हां, इस वातावरण में काम करना मेरे लिए दु:साध्य हो गया। मुझे अपने कॉलेज के आंतरिक संगठन का भी अधिकार नहीं। अमुक क्यों नहीं परीक्षा में भेजा गया? अमुक के बदले अमुक को क्यों नहीं छात्रवृत्ति दी गई। अमुक अध्यापक को अमुक कक्षा क्यों नहीं दी

जाती है? इस तरह के सारहीन आक्षेपों ने मेरी नाक में दम कर दिया। इस नई चोट ने कमर तोड़ दी। मैंने इस्तीफा दे दिया।

मुझे मिनिस्टर साहब से इतनी आशा अवश्य थी कि वह कम-से-कम इस विषय में न्याय- परायणता से काम लेंगे। मगर उन्होंने न्याय की जगह नीति को मान्य समझा और मुझे कई साल की भक्ति का यह फल मिला कि मैं पदच्युत कर दिया गया। संसार का ऐसा कटु अनुभव मुझे अब तक न हुआ था। ग्रह भी कुछ बुरे आ गए थे; उन्हीं दिनों पत्नी का देहांत हो गया। अंतिम दर्शन भी न कर सका। संध्या समय नदी-तट पर सैर करने गया था। वह कुछ अस्वस्थ थी। लौटा तो उनकी लाश मिली। कदाचित हृदय की गति बंद हो गई थी। इस आघात ने कमर तोड़ दी। माता के प्रसाद और आशीर्वाद से बड़े से बड़े महान पुरुष कृतार्थ हो गए थे। मैं जो कुछ हुआ, पत्नी के प्रसाद और आशीर्वाद से हुआ। वह मेरे भाग्य की विधात्री थी। कितना अलौकिक त्याग था, कितना विशाल धैर्य। उनके माधुर्य में तीक्ष्णता का नाम भी न था। मुझे याद नहीं आता कि मैंने कभी उनकी भृकुटि संकुचित देखी हो। निराश होना तो जानती ही न थी। मैं कई बार सख्त बीमार पड़ा हूँ। वैद्य भी निराश हो गए, पर वह अपने धैर्य और शांति से अणुमात्र भी विचलित नहीं हुई। उन्हें विश्वास था कि वह अपने पति के जीवनकाल में मरेंगी और वही हुआ भी। मैं जीवन में अब तक उन्हीं के सहारे खड़ा था। जब वह अवलंब ही न रहा, तो जीवन कहाँ रहता। खाने और सोने का नाम जीवन नहीं है। जीवन नाम है सदैव आगे बढ़ते रहने की लगन का। यह लगन गायब हो गई। मैं संसार से विरक्त हो गया और एकांतवास में जीवन के दिन व्यतीत करने का निश्चय करके एक छोटे से गाँव में जा बसा। चारों तरफ ऊँचे-ऊँचे टीले थे, एक ओर गंगा बहती थी। मैंने नदी

के किनारे एक छोटा-सा घर बना लिया और उसी में रहने लगा।

मगर काम करना तो मानवीय स्वभाव है। बेकारी में, जीवन कैसे कटता? मैंने एक छोटी-सी पाठशाला खोल ली। एक वृक्ष की छाँह में गाँव के लड़कों को जमाकर कुछ पढ़ाया करता था। उसकी यहाँ इतनी ख्याति हुई कि आस-पास के गाँवों के छात्र भी आने लगे।

एक दिन मैं अपनी कक्षा को पढ़ा रहा था कि पाठशाला के पास एक मोटर आकर रुकी और उसमें से जिले के डिप्टी कमिशनर उतर पड़े। मैं उस समय केवल एक कुरता और धोती पहने हुए था। इस वेश में एक हाकिम से मिलते हुए शर्म आ रही थी। डिप्टी कमिश्नर मेरे समीप आए तो मैंने झेंपते हुए हाथ बढ़ाया। मगर वह मुझसे हाथ मिलाने के बदले मेरे पैरों की ओर झुके और उन पर सिर रख दिया। मैं कुछ ऐसा सिटपिटा गया कि मेरे मुँह से एक शब्द भी न निकला। मैं अँग्रेजी अच्छी लिखता हूँ, दर्शनशास्त्र का भी आचार्य हूँ, व्याख्यान भी अच्छे दे लेता हूँ; मगर इन गुणों में एक भी श्रद्धा के योग्य नहीं। श्रद्धा तो ज्ञानियों और साधुओं ही के अधिकार की वस्तु है। अगर मैं ब्राह्मण होता, तो एक बात थी। हालाँकि एक सिविलियन का किसी ब्राह्मण के पैरों पर सिर रखना भी अतिचिंतनीय है।

मैं अभी इसी विस्मय में पड़ा हुआ था कि डिप्टी कमिशनर ने सिर उठाया और मेरी तरफ देखकर कहा, 'आपने शायद मुझे पहचाना नहीं।'

इतना सुनते ही मेरे-स्मृति-नेत्र खुल गए, 'आपका नाम सूर्यप्रकाश तो नहीं है?'

'जी हाँ, मैं आपका वही अभागा शिष्य हूँ।'

'बारह-तेरह वर्ष हो गए।'

शतरंज के खिलाड़ी और अन्य कहानियां

सूर्यप्रकाश ने मुस्कुराकर कहा, 'अध्यापक लड़कों को भूल जाते हैं, पर लड़के उन्हें हमेशा याद करते हैं।'

मैंने उसी विनोद के भाव से कहा, 'तुम जैसे लड़कों को भूलना असंभव है।'

सूर्यप्रकाश ने विनीत स्वर से कहा- 'उन्हीं अपराधों को क्षमा कराने के लिए सेवा में आया हूँ। मैं सदैव आपकी खबर लेता रहता था। जब आप इंग्लैंड गए, तो मैंने आपके लिए कई बार बधाई पत्र लिखा, पर उसे भेज न सका। जब आप प्रिंसिपल हुए, मैं इंग्लैड जाने को तैयार था। वहाँ मैं पत्रिकाओं में आपके लेख पढ़ता रहता था। जब लौटा तो मालूम हुआ कि आपने इस्तीफा दे दिया और कहीं देहात में चले गए। इस जिले में आए मुझे एक वर्ष से अधिक हुआ, पर इसका जरा भी अनुमान न था कि आप यहाँ एकांत सेवा कर रहे है। इस उजाड़ गाँव में आपका जी कैसे लगता है? इतनी ही अवस्था में अपने वानप्रस्थ ले लिया?'

मैं नहीं कह सकता कि सूर्यप्रकाश की उन्नति देखकर मुझे कितना आश्चर्यचकित आनंद हुआ। अगर वह मेरा पुत्र होता, तो भी इससे अधिक आनंद न होता। मैं उसे अपने झोपड़े में लाया और अपनी रामकहानी कह सुनाई।

सूर्यप्रकाश ने कहा, 'तो कहिए कि अपने ही एक भाई के विश्वासघात के शिकार हुए। मेरा अनुभव तो बहुत कम है, मगर इतने ही दिनों में मुझे मालूम हो गया है कि हम लोग अभी अपनी जिम्मेदारियों को पूरा करना नहीं जानते। मिनिस्टर साहब से भेंट हुई, तो पूछूँगा कि क्या यही उनका धर्म था?'

मैंने जवाब दिया, 'भाई उनका दोष नहीं। संभव है, इस दशा में मैं भी वही करता, जो उन्होंने किया। मुझे अपनी स्वार्थ-लिप्सा की सजा मिल गई और उसके लिए मैं उनका ऋणी हूँ।

बनावट नहीं, सत्य कहता हूँ कि यहाँ मुझे जो शांति है, वह और कहीं न थी। इस एकांत जीवन में मुझे जीवन के तत्वों का इतिहास और भूगोल के पोथे चाटकर यूरोप के विद्यालयों की शरण जाकर भी मैं अपनी ममता को न मिटा सका, बल्कि यह रोग दिनों-दिन और असाध्य होता जाता था। आप सीढ़ियों पर पाँव रखे बगैर छत की ऊँचाई तक नहीं पहुँच सकते। संपत्ति की अट्टालिका तक पहुँचने में दूसरी जिंदगी ही जीनों का काम देती है। आप उन्हें कुचलकर ही लक्ष्य तक पहुँच सकते हैं। वहाँ सौजन्य और सहानुभूति का स्थान ही नहीं। मुझे ऐसा मालूम होता है कि उस वक्त में हिंसक जंतुओं से घिरा हुआ था और मेरी सारी शक्तियाँ अपनी आत्मरक्षा में लगी रहती थी। यहाँ मैं अपने चारों ओर संतोष और सरलता देखता हूँ। मेरे पास जो लोग आते हैं, कोई स्वार्थ लेकर नहीं आते और न मेरी सेवाओं में प्रशंसा या गौरव की लालसा है।'

यह कहकर मैंने सूर्यप्रकाश के चेहरे की ओर गौर से देखा। कपट-मुस्कान की जगह ग्लानि का रंग था। शायद यह दिखाने आया था कि आप जिसकी तरफ से इतने निराश हो गए थे, वह अब इस पद को सुशोभित कर रहा है। वह मुझसे अपने सदुद्योग का बखान चाहता था। मुझे अब अपनी भूल मालूम हुई—एक संपन्न आदमी के सामने समृद्धि की निंदा उचित नहीं। मैंने तुरंत बात पलटकर कहा, ' मगर तुम अपना हाल तो कहो। तुम्हारी यह कायापलट कैसे हुई? तुम्हारी शरारतों को याद करता हूँ, तो अब भी रोएँ खड़े हो जाते हैं। किसी देवता के वरदान के सिवा और कहीं यह विभूति न प्राप्त हो सकती थी।'

सूर्यप्रकाश ने मुस्कुराकर कहा, 'आपका आशीर्वाद था।'

मेरे बहुत आग्रह करने पर सूर्यप्रकाश ने अपना वृतांत सुनाना

शुरू किया। आपके चले जाने के कई दिन बाद मेरा ममेरा भाई स्कूल में दाखिल हुआ। उसकी उम्र आठ-नौ साल से ज्यादा न थी। प्रिंसिपल साहब उसे होस्टल में न लेते थे और न मामा साहब उसके ठहरने का प्रबंध कर सकते थे। उन्हें इस संकटकाल में देखकर मैंने प्रिंसिपल साहब से कहा- 'उसे मेरे कमरे में ठहरा दीजिए।' प्रिंसिपल साहब ने इसे नियम-विरुद्ध बतलाया। इस पर मैंने बिगड़कर उसी दिन होस्टल छोड़ दिया, और एक किराये का मकान लेकर मोहन के साथ रहने लगा। उसकी माँ कई साल पहले मर चुकी थी। इतना दुबला-पतला, कमजोर और गरीब लड़का था कि पहले ही दिन से मुझे उस पर दया आने लगी। कभी उसके सिर में दर्द होता, कभी ज्वर हो जाता। आये-दिन कोई-न-कोई बीमारी खड़ी रहती थी। इधर साँझ हुई और उसे झपकियाँ आने लगीं। बड़ी मुश्किल से भोजन करने उठता। दिन चढ़ते तक सोया करता और जब तक मैं गोद में उठाकर बिठा न देता, उठने का नाम न लेता। रात को बहुधा चौंककर मेरी चारपाई पर आ जाता और मेरे गले लिपटकर सोता। मुझे उस पर कभी क्रोध न आता। कह नहीं सकता, क्यों मुझे उससे प्रेम हो गया। मैं जहाँ पहले नौ बजे सोकर उठता था, अब तड़के उठ बैठना और उसके लिए दूध गरम करता। फिर उसे उठाकर आँख-मुँह धुलाता और नाश्ता कराता। उसके स्वास्थ्य के विचार से नित्य वायु-सेवन को ले जाता। मैं जो कभी किताब लेकर न बैठता था, इसे घंटों पढ़ाया करता। मुझे अपने दायित्व का इतना ज्ञान कैसे हो गया, इसका मुझे आश्चर्य है। उसे कोई शिकायत हो जाती तो मेरे प्राण नखों में समा जाते। डॉक्टर के पास दौड़ता, दवाएं लाता और मोहन को खुशामद करके दवा पिलाता। सदैव यही चिंता रहती थी कि कोई बात उसकी इच्छा के विरुद्ध न हो जाए। उस बेचारे

का यहाँ मेरे सिवा दूसरा कौन था? मेरे चंचल मित्रों में से कोई उसे चिढ़ाता या छेड़ता तो मेरी त्योरियाँ बदल जाती थीं। कई लड़के मुझे बूढ़ी दादी कहकर चिढ़ाते थे। पर मैं हँसकर टाल देता था। मैंने उसके सामने एक भी अनुचित शब्द मुँह से नहीं निकाला। यह शंका होती थी कि कहीं मेरी देखा-देखी यह भी खराब न हो जाए। मैं उसके सामने इस तरह रहना चाहता था कि मुझे अपना आदर्श समझे और इसके लिए यह मानी हुई बात थी कि मैं अपना चरित्र सुधारूँ। वह मेरा नौ बजे सोकर उठना, बारह बजे तक मटरगश्ती करना, नई -नई शरारतों के मंसूबे बाँधना और अध्यापकों की आँख बचाकर स्कूल से उड़ जाना, सब आप-ही-आप जाता रहा। स्वास्थ्य और चरित्र -पालन के सिद्धांतों का मैं शत्रु था, पर अब मुझसे बढ़कर उन नियमों का रक्षक दूसरा न था। मैं ईश्वर का उपहास किया करता था, मगर अब पक्का आस्तिक हो गया था। वह बड़े सरल भाव से पूछता- परमात्मा सब जगह रहते है, तो मेरे साथ भी रहते होंगे? इस प्रश्न का मजाक उड़ाना मेरे लिए असंभव था। मैं कहता, हाँ, परमात्मा तुम्हारे, हमारे, सबके पास रहते हैं और हमारी रक्षा करते है। यह आश्वासन पाकर उसका चेहरा आनंद से खिल उठता था। कदाचित् वह परमात्मा की सत्ता का अनुभव करने लगता था। साल ही भर में मोहन कुछ-से-कुछ हो गया। मामा साहब दो बार आए। तो उसे देखकर चकित रह गए। आँखों में आँसू भरकर बोले- 'बेटा! तुमने इसको जिला दिया, नहीं तो मैं निराश हो चुका था। इसका पुनीत फल तुम्हें ईश्वर देंगे। इसकी माँ स्वर्ग में बैठी हुई आशीर्वाद दे रही है।'

सूर्यप्रकाश की आँखें उस वक्त भी सजल हो गई थी।

मैंने पूछा- ' मोहन तुम्हें बहुत प्यार करता होगा?'

सूर्यप्रकाश के सजल नेत्रों में हसरत से भरा हुआ आनंद चमक

उठा, बोला– 'वह मुझे एक मिनट के लिए भी न छोड़ता था। मेरे साथ बैठता, मेरे साथ खाता, साथ सोता। मैं ही उसका सब कुछ था। आज वह संसार में नहीं है, मगर मेरे लिए वह अब भी उसी तरह जीता-जागता है। मैं जो कुछ हूँ, उसी का बनाया हुआ हूँ। अगर वह दैवी विधान की भांति मेरा पथ-प्रदर्शक न बन जाता, तो शायद आज मैं किसी जेल में पड़ा होता। एक दिन मैंने कह दिया– 'अगर तुम रोज नहा न लिया करोगे, तो मैं तुमसे न बोलूँगा'। नहाने से वह न जाने क्यों जी चुराता था। मेरी धमकी का फल यह हुआ कि वह नित्य प्रात: काल नहाने लगा। कितनी ही सर्दी क्यों न हो, कितनी ही ठंडी हवा चले। लेकिन वह स्नान अवश्य करता था।

देखता रहता था, मैं किस बात से खुश होता हूँ। एक दिन मैं कई मित्रों के साथ थियेटर देखने चला गया, ताकीद कर गया कि तुम खाना खाकर सो जाना। तीन बजे रात को लौटा तो देखा, वह बैठा हुआ है। मैंने पूछा– 'तुम सोये नहीं'? बोला– 'नींद नहीं आई।' उसी दिन से मैंने थियेटर जाने का नाम न लिया। बच्चों में प्यार की जो भूख होती है, दूध, मिठाई और खिलौने से भी ज्यादा मादक–जो माँ की गोद के सामने संसार की निधि की भी परवाह नहीं करती, मोहन की वह भूख कभी संतुष्ट न होती थी। पहाड़ों से टकराने वाली सारस की आवाज की तरह वह सदैव उसकी नसों में गूंजा करती थी। जैसे भूमि पर फैली हुई लता कोई सहारा पाते ही उससे चिपट जाती है, वही हाल मोहन का था। वह मुझसे ऐसा चिपट गया था कि पृथक किया जाता तो उसकी कोमल बेली के टुकड़े-टुकड़े हो जाते। वह मेरे साथ तीन साल रहा और जब जीवन में प्रकाश की एक रेखा डालकर अंधकार में विलीन हो गया। उस जीर्ण काया में कैसे-कैसे अरमान भरे हुए थे। कदाचित! ईश्वर ने मेरे जीवन में एक अवलंबन की सृष्टि करने

के लिए उसे भेजा था। उद्देश्य पूरा हो गया, तो वह क्यों रहता?

गर्मियों का तातील थी। दो तातीलों में मोहन मेरे ही साथ रहा था। मामा जी के आग्रह करने पर भी घर न गया। अब की कॉलेज के छात्रों ने कश्मीर- यात्रा करने का निश्चय किया और मुझे उसका अध्यक्ष बनाया। कश्मीर-यात्रा की अभिलाषा मुझे चिरकाल से थी। इस अवसर को गनीमत समझा। मोहन को मामा जी के पास भेजकर मैं कश्मीर चला गया। दो महीने के बाद लौटा तो मालूम हुआ कि मोहन बीमार हैं। कश्मीर में मुझे बार-बार मोहन की याद आती थी और जी चाहता था लौट आऊँ, मुझे उस पर इतना प्रेम है, इसका अंदाजा मुझे कश्मीर जाकर हुआ, लेकिन मित्रों ने पीछा न छोड़ा। उसकी बीमारी की खबर पाते ही मैं अधीर हो उठा और दूसरे ही दिन उसके पास जा पहुँचा। मुझे देखते ही उसके पीले और सूखे हुए चेहरे पर आनंद की स्फूर्ति झलक पड़ी। मैं दौड़कर उसके गले से लिपट गया। उसकी आँखों में वह दूरदृष्टि और चेहरे पर वह अलौकिक आभा थी, जो मँडराती हुई मृत्यु की सूचना देती है। मैंने आवेश से काँपते हुए स्वर में पूछा- 'यह तुम्हारी क्या दशा है मोहन? दो ही महीने में यह नौबत पहुँच गई।' मोहन ने सरल मुस्कान के साथ कहा- 'आप कश्मीर की सैर करने गए थे, मैं आकाश की सैर करने जा रहा हूँ।'

मगर यह दुःख-कहानी कहकर मैं रोना ओर रुलाना नहीं चाहता। मेरे चले जाने के बाद मोहन इतना परिश्रम से पढ़ने लगा, मानों तपस्या कर रहा हो। उसे यह धुन सवार हो गई कि साल-भर की पढाई दो महीने में समाप्त कर ले और स्कूल खुलने के बाद मुझसे इस श्रम का प्रशंसा-रूपी उपहार प्राप्त करे। मैं किस तरह उसकी पीठ ठोकूँगा, शाबासी दूँगा, अपने मित्रों से बखान करूँगा,

 शतरंज के खिलाड़ी और अन्य कहानियां

इन भावनाओं ने अपने सारे बालोचित उत्साह और तल्लीनता के साथ उसे वशीभूत कर लिया। मामा जी को दफ्तर के कामों से इतना अवकाश कहाँ कि उसके मनोरंजन का ध्यान रखें। शायद उसे प्रतिदिन कुछ-न-कुछ पढ़ते देखकर वह दिल में खुश होते थे। उसे खेलते न देखकर भला क्या कहते? फल यह हुआ कि मोहन को हलका-हलका ज्वर आने लगा, किंतु उस दशा में भी ज्वर कुछ हलका हो जाता तो किताब देखने लगता था। उसके प्राण मुझमें ही बने रहते थे। ज्वर की दशा में भी नौकरों से पूछता- भैया का पत्र आया? वह कब आएँगे? इसके सिवा और कोई दूसरी अभिलाषा न थी। अगर मुझे मालूम होता कि मेरी काश्मीर-यात्रा इतनी महँगी पड़ेगी तो उधर जाने का नाम न लेता। उसे बचाने के लिए मुझसे जो कुछ हो सकता था, वह मैंने सब किया, किंतु बुखार टायफायड था, उसकी जान लेकर ही उतरा। उसके जीवन का स्वप्न मेरे लिए किसी ऋषि का आशीर्वाद बनकर मुझे प्रोत्साहित करने लगा और यह उसी का शुभ फल है कि आज आप मुझे इस दशा में देख रहे हैं। मोहन की बाल-अभिलाषाओं को प्रत्यक्ष रूप में लाकर मुझे यह संतोष होता है कि शायद उसकी पवित्र आत्मा मुझे देखकर प्रसन्न होती हो। यही प्रेरणा थी कि जिसने कठिन-से-कठिन परीक्षाओं में भी मेरा बेड़ा पार लगाया, नहीं तो मैं आज भी वही मंद बुद्धि सूर्यप्रकाश हूँ, जिसकी सूरत से आप चिढ़ते थे।

उस दिन से मैं कई बार सूर्यप्रकाश से मिल चुका हूँ। जब वह इस तरफ आ जाता है, तो बिना मुझसे मिले नहीं जाता। मोहन को अब भी वह अपना इष्टदेव समझता है। मानव-प्रकृति का यह एक ऐसा रहस्य है, जिसे मैं आज तक नहीं समझ सका।

बोध

पंडित चंद्रधर ने एक अपर प्राइमरी में मुदर्रिसी तो कर ली थी, किन्तु पछताया करते कि कहां से इस जंजाल में आ फंसे। यदि किसी अन्य विभाग में नौकर होते तो अब तक हाथ में चार पैसे होते, आराम से जीवन व्यतीत होता। यहां तो महीने भर प्रतीक्षा करने के पीछे कहीं पंद्रह रुपये देखने को मिलते हैं। वह भी इधर आये, उधर गायब। न खाने का सुख, न पहनने का आराम। हमसे तो मजूर भी भले।

पंडितजी के पड़ोस में दो महाशय और रहते थे। एक ठाकुर अतिबल सिंह, वह थाने में हैड कांसटेबल थे। दूसरे मुंशी बैजनाथ, वह तहसील में सियाहेनवीस थे। इन दोनों आदमियों का वेतन पंडित से कुछ अधिक न था, तब भी उनकी जिंदगी चैन से गुज़रती थी। संध्या को वह कचहरी से आते, बच्चों को पैसे और मिठाइयां देते। दोनों आदमियों के पास टहलते थे। घर में कुर्सियां, मेज़ें, फर्श आदि सामग्रियां मौजूद थी। ठाकुर साहब शाम को आराम कुर्सी पर लेट जाते और खुशबूदार खमीरा पीते। मुंशीजी को शराब-कबाब का व्यसन था। अपने सुसज्जित कमरे में बैठे हुए बोतल साफ़ कर देते। जब कुछ नशा होता तो हारमोनियम बजाते। सारे मोहल्ले में उनका रौब-दाब था। उन दोनों महाशयों को आते-जाते देखकर बनिए उठकर सलाम करते। उनके लिए बाज़ार में अलग भाव था। चार पैसे की चीज़ टके में लाते। लकड़ी-ईधन मुफ़्त में मिलता। पंडितजी उनके ठाट-बाट

 शतरंज के खिलाड़ी और अन्य कहानियां

को देखकर कुढ़ते और अपने भाग्य को कोसते। वह लोग इतना भी न जानते थे कि पृथ्वी सूर्य का चक्कर लगाती है अथवा सूर्य पृथ्वी का। साधारण पहाड़ों का भी ज्ञान न था, जिस पर भी ईश्वर ने उन्हें इतनी प्रभुता दे रखी थी। यह लोग पंडितजी पर बड़ी कृपा रखते थे। कभी सेर-आध सेर दूध भेज देते और कभी थोड़ी-सी तरकारियां। किन्तु इनके बदले में पंडितजी को ठाकुर साहब के दो और मुंशीजी के तीन लड़कों की निगरानी रखनी पड़ती। ठाकुर साहब कहते, पंडितजी! यह लड़के आवारा हुए जाते हैं ज़रा इनका ख़याल रखिए। यह बातें बड़ी अनुग्रहपूर्ण रीति से कही जाती थी। मानो पंडितजी उनके गुलाम हैं। पंडितजी को यह व्यवहार असह्य था, किन्तु इन लोगों को नाराज़ करने का साहस न कर सकते थे, उनकी बदौलत कभी-कभी दूध-दही के दर्शन हो जाते, कभी अचार-चटनी चख लेते। केवल इतना ही नहीं, बाज़ार से चीज़ें भी सस्ती लाते। इसलिए बेचारे इस अनीति को विष के घूंट के समान पीते। इस दुरवस्था से निकलने के लिए उन्होंने बड़े-बड़े यत्न किये थे। प्रार्थना-पत्र लिखे, अफसरों की खुशामदें की, पर आशा पूरी न हुई। अंत में हारकर बैठ रहे। हां, इतना था कि अपने काम में त्रुटि न होने देते। ठीक समय पर जाते, देर करके आते, मन लगाकर पढ़ाते। इससे उनके अफ़सर लोग खुश थे। साल में कुछ इनाम देते और वेतन-वृद्धि का जब कभी अवसर आता, उसका विशेष ध्यान रखते। परन्तु इस विभाग की वेतन-वृद्धि ऊसर की खेती है। बड़े भाग से हाथ लगती है। बस्ती के लोग उनसे सन्तुष्ट थे। लड़कों की संख्या बढ़ गयी थी और पाठशाला के लड़के भी उन पर जान देते थे। कोई उनके घर आकर पानी भर देता, कोई उनकी बकरी के लिए पत्तियां तोड़ लाता। पंडितजी इसी को बहुत समझते थे।

2

एक बार सावन के महीने में मुंशी बैजनाथ और ठाकुर अतिबलसिंह ने श्री अयोध्याजी की यात्रा की सलाह की। दूर की

यात्रा थी। हफ्तों पहले से तैयारियां होने लगी। बरसात के दिन, सपरिवार जाने में अड़चन थी, परन्तु स्त्रियां किसी भांति भी न मानती थी। अन्त में विवश होकर दोनों महाशयों ने एक-एक सप्ताह की छुट्टी ली और अयोध्या जी चले। पंडितजी को भी साथ चलने के लिए बाध्य किया। मेले-ठेले में एक फ़ालतू आदमी से बड़े काम निकलते। पंडितजी असमंजस में पड़े, परन्तु जब उन लोगों ने उनका व्यय देना स्वीकार किया तो इंकार न कर सके और अयोध्याजी की यात्रा का ऐसा सुअवसर पाकर न रूक सके।

बिल्हौर से एक बजे रात को गाड़ी छूटती थी। यह लोग खा-पीकर स्टेशन पर आ बैठे। जिस समय गाड़ी आयी, चारों और भगदड़-सी पड़ गयी - हज़ारों यात्री जा रहे थे। उस उतावली में मुंशीजी पहले निकल गए। पंडितजी और ठाकुर साहब साथ थे। एक कमरे में बैठे। इस आफ़त में कौन किसका रास्ता देखता है।

गाड़ियों में जगह की बड़ी कमी थी, परन्तु जिस कमरे में ठाकुर साहब थे उसमें केवल चार मनुष्य थे। वह सब लेटे हुए थे। ठाकुर साहब चाहते थे कि वह उठ जाएं तो जगह निकल आये। उन्होंने एक मनुष्य से डांटकर कहा- 'उठ बैठो जी, देखते नहीं हम लोग खड़े हैं।

मुसाफिर लेटे-लेटे बोला- क्यों उठ बैठें जी? कुछ तुम्हारे बैठने का ठेका लिया है?

ठाकुर- 'क्या हमने किराया नहीं दिया है?'

मुसाफिर- 'जिसे किराया दिया हो, उससे जाकर जगह मांगो।'

ठाकुर- 'ज़रा होश की बातें करो। इस डिब्बे में दस यात्रियों के बैठने की आज्ञा है।'

मुसाफिर- 'यह थाना नहीं है, ज़रा ज़बान संभाल कर बातें कीजिए।'

ठाकुर- 'तुम कौन हो जी?'

मुसाफ़िर- 'हम वही है, जिस पर आपने खुफ़िया फ़रोसी का

अपराध लगाया था और जिसके द्वार से आप नकद 25 रु. लेकर टले थे।

ठाकुर- 'अहा! अब पहचाना। परन्तु मैंने तो तुम्हारे साथ रियायत की थी, चालान कर देता तो तुम सजा पा जाते।'

मुसाफ़िर- 'और मैंने भी तो तुम्हारे साथ रियायत की कि गाड़ी में खड़ा रहने दिया। ढकेल देता तो तुम नीचे जाते और तुम्हारी हड्डी-पसली का पता न लगता।'

इतने में दूसरा लेटा हुआ यात्री जोर से ठट्ठा मारकर हंसा और बोला- 'और क्यों दारोग़ा साहब, मुझे क्यों नहीं उठाते?'

ठाकुर साहब क्रोध से लाल हो रहे थे। सोचते थे अगर थाने में होता तो इनकी जबान खींच लेता, पर इस समय बुरे फंसे थे। वह बलवान मनुष्य थे पर यह दोनों मनुष्य भी हट्टे-कट्टे दिख पड़ते थे।

ठाकुर- 'सन्दूक नीचे रख दो, बस जगह हो जाये।'

दूसरा मुसाफिर बोला- 'और आप ही क्यों न नीचे बैठ जायें। इसमें कौन-सी हेठी हुई जाती है। यह थाना थोड़े ही है कि आपके रौब में फ़र्क पड़ जाएगा।'

ठाकुर साहब ने उनकी ओर भी ध्यान से देखकर पूछा- 'क्या तुम्हें भी मुझसे कोई बैर है?'

'जी हां, मैं तो आपके खून का प्यासा हूं।'

'मैंने तुम्हारा क्या बिगाड़ा हैं, तुम्हारी तो सूरत भी नहीं देखी।'

दूसरा मुसाफिर- 'आपने मेरी सूरत न देखी होगी पर आपके डंडे ने देखी है। इसी कल के मेले में आपने मुझे कई डंडे लगाये। मैं चुपचाप तमाशा देखता था पर आपने आकर मेरा कचूमर निकाल दिया। मैं चुप रह गया, पर घाटा दिल पर लगा हुआ है। आज उसकी दवा मिलेगी।'

यह कहकर उसने और भी पांव फैला दिया ओर क्रोध-पूर्ण नेत्रों से देखने लगा। पंडितजी अब तक चुपचाप खड़े थे। डरते थे कि कहीं मार-पीट न हो जाये। अवसर पाकर ठाकुर साहब को

समझाया। ज्यों ही तीसरा स्टेशन आया, ठाकुर साहब ने बाल-बच्चों को वहां से निकालकर दूसरे कमरे में बैठाया। इन दोनों दुष्टों ने उनका असबाब उठा-उठाकर ज़मीन पर फेंक दिया। जब ठाकुर साहब गाड़ी से उतरने लगे तो उन्होंने उनको ऐसा धक्का दिया कि बेचारे प्लेटफार्म पर गिर पड़े। गार्ड से कहने दौड़े थे कि इंजिन ने सीटी दी, जाकर गाड़ी में बैठ गये।

उधर मुंशी बैजनाथ की और भी बुरी दशा थी। सारी रात जागते गुज़ारी। ज़रा पैर फैलाने की जगह न थी। आज उन्होंने जेब में बोतल भरकर रख ली थी। प्रत्येक स्टेशन पर कोयला पानी ले लेते थे। फल यह हुआ कि पाचन-क्रिया में विघ्न पड़ गया। एक बार उल्टी हुई और पेट में मरोड़ होने लगी। बेचारे बड़ी मुश्किल में पड़े। चाहते थे कि किसी भांति लेट जाएं, पर वहां पैर हिलाने को भी जगह न थी। लखनऊ तक तो उन्होंने किसी तरह जब्त किया। आगे चलकर विवश हो गये। एक स्टेशन पर उतर पड़े। प्लेटफार्म पर लेट गए। पत्नी भी घबरायी।

बच्चों को लेकर उतर पड़ी। असबाब उतारा परन्तु जल्दी में ट्रंक उतारना भूल गयी। गाड़ी चल दी। दारोगाजी ने अपने मित्र को इस दशा में देखा तो वह भी उतर पड़े। समझ गए कि हजरत आज ज्यादा चढ़ा गए। देखा तो मुंशीजी की दशा बिगड़ गयी थी। ज्वर, पेट में दर्द, नसों में तनाव, कै और दस्त। बड़ा खटका हुआ। स्टेशन मास्टर ने यह हाल देखा, तो समझे, हैजा हो गया है। हुक्म दिया, रोगी को अभी बाहर ले जाओ। विवश होकर लोग मुंशीजी को एक पेड़ के नीचे उठा लाए। उनकी पत्नी रोने लगी। हकीम-डॉक्टर की तलाश हुई। पता लगा कि डिस्ट्रिक्ट बोर्ड की तरफ़ से वहां एक छोटा-सा अस्पताल है। लोगों की जान-में-जान आयी। किसी से यह भी मालूम हुआ कि डॉक्टर साहब बिल्हौर के रहने वाले हैं। ढाढ़स बंधा। दारोगाजी अस्पताल दौड़े। डॉक्टर साहब से समाचार कह सुनाया और कहा – आप चलकर ज़रा उन्हें देख तो लीजिए।

 शतरंज के खिलाड़ी और अन्य कहानियां

डॉक्टर का नाम था चोखे लाल। कम्पौंडर थे, लोग आदर से डॉक्टर कहा करते थे। सब वृत्तान्त सुनकर रुखाई से बोले- 'सबेरे के समय मुझे बाहर जाने की आज्ञा नहीं है।'

दारोग़ा- 'तो क्या मुंशीजी को यही लाएं?

चोखेलाल- 'हां, आपका जी चाहे लाइए।'

दारोग़ाजी ने दौड़-धूप कर एक डोली का प्रबन्ध किया। मुंशीजी को लादकर अस्पताल लाये। ज्योंही बरामदे में पैर रखा, चोखे लाल ने डांटकर कहा- 'हैजे (विसूचिका) के रोगी को ऊपर लाने की आज्ञा नहीं।'

बैजनाथ अचेत तो थे नहीं, आवाज़ सुनी, पहचाना, धीरे से बोले- 'अरे यह बिल्हौर ही के हैं। भला-सा नाम है। तहसील में आया-जाया करते हैं। क्यों महाशय! मुझे पहचानते है?'

चोखेलाल- 'जी हां, खूब पहचानता हूं।'

बैजनाथ- 'पहचानकर भी इतनी निष्ठुरता। मेरी जान निकल रही हैं। ज़रा देखिए, मुझे क्या हो गया?'

चोखे- 'हां, यह सब कर दूंगा और मेरा काम ही क्या? फीस?'

दारोग़ाजी- 'अस्पताल में कैसी फीस जनाबेमन?'

चोखे- 'वैसे ही जैसी इन मुंशीजी ने मुझसे वसूल की थी जनाबेमन।'

दारोग़ाजी- 'आप क्या कहते हैं, मेरी समझ में नही आता।'

चोखे- 'मेरा घर बिल्हौर में है। वहां मेरी थोड़ी-सी ज़मीन है। साल में दो बार उसकी देख-भाल को जाना पड़ता है। जब तहसील में लगान करने जाता हूं, मुंशीजी डांटकर अपना हक़ वसूल कर लेते हैं। न दूं तो शाम तक खड़ा रहना पड़े। स्याहा न हो। फिर जनाब कभी गाड़ी नाव पर, कभी नाव गाड़ी पर। मेरी फीस दस रुपये निकालिए। देखूं, दवा दूं तो अपनी राह लीजिए।'

दारोग़ा- 'दस रुपये!'

चोखे- 'जी हां, और यहां ठहरना चाहे तो दस रुपये रोज़।'

दारोगाजी विवश हो गये। बैजनाथ की स्त्री से रुपये मांगे। तब उसे अपने बक्से की याद आयी। छाती पीट ली। दारोगाजी के पास भी अधिक रुपयें न थे, किसी तरह दस रुपये निकालकर चोखे लाला को दिये, उन्होंने दवा दी। दिन भर कुछ फायदा न हुआ। रात को दशा संभली। दूसरे दिन फिर दवा की आवश्यकता हुई। मुंशियाइन का एक गहना जो 20 रु. से कम का न था बाजार में बेचा गया। तब काम चला। शाम तक मुंशी जी चंगे हुए। रात को गाड़ी में बैठकर खूब गालियां दी।

श्री अयोध्या जी में पहुंचकर स्थान की खोज हुई। पंडों के घर जगह न थी। घर-घर में आदमी भरे हुए थे। सारी बस्ती छान मारी पर कहीं ठिकाना न मिला। अंत में यह निश्चय हुआ कि किसी पेड़ के नीचे डेरा जमाना चाहिए किन्तु जिस पेड़ के नीचे जाते थे वहीं यात्री पड़े मिलते। खुले मैदान में, रेत पर पड़े रहने के सिवा और कोई उपाय न था। एक स्वच्छ स्थान देखकर बिस्तरे बिछाए और लेटे। इतने में बादल घिर आये। बूंदे गिरने लगी। बिजली चमकने लगी। गरज से कान के परदे फटे जाते थे । लड़के रोते थे, स्त्रियों के कलेजे कांप रहे थे। अब यहां ठहरना दुस्सह था, पर जाये कहां।

अकस्मात् एक मनुष्य नदी की तरफ से लालटेन लिए आता हुआ दिखाई दिया, वह निकट पहुंच गया तो पंडितजी ने उसे देखा। आकृति कुछ पहचानी हुई मालूम हुई किंतु यह विचार न आया कि कहाँ देखा है। पास जाकर बोले- 'क्यों भाई साहब, यहां यात्रियों के ठहरने के लिए जगह न मिलेगी?' वह मनुष्य रुक गया। पंडितजी की ओर ध्यान से देखकर बोला- 'आप पंडित चंद्रधर तो नही हैं?'

पंडितजी प्रसन्न होकर बोले- 'जी हां। आप मुझे कैसे जानते हैं?'

उस मनुष्य ने सादर पंडितजी के चरण छुए और बोला- 'मैं आपका शिष्य हूं। मेरा नाम कृपाशंकर है। मेरे पिता कुछ दिनों

 शतरंज के खिलाड़ी और अन्य कहानियां

बिल्हौर में डाक-मुशी रहे थे। उन्हीं दिनों में आपकी सेवा में पढ़ता था।

पंडितजी की स्मृति जागी, बोले- 'ओहो, तुम्ही हो कृपाशंकर। तब तो तुम दुबले-पतले लड़के थे। कोई आठ-नौ साल हुए होंगे।'

कृपा- 'जी हां, नवां साल था। मैंने वहां से आकर इन्ट्रेंस पास किया, अब यहाँ म्युनिसिपिल्टी में नौकर हूं। कहिए, आप तो अच्छी तरह रहे, सौभाग्य था कि आपके दर्शन हो गये।'

पंडित- 'मुझे भी तो मिलकर बड़ा आनंद हुआ। तुम्हारे पिता अब कहां हैं?'

कृपा- 'उनका तो देहान्त हो गया। माताजी साथ है। आप यहां कब आये?'

पंडित- 'आज ही आया हूं। पंडो के घर जगह न मिली। विवश हो कर यही रात काटने की ठहरी।'

कृपा- 'बाल-बच्चे भी साथ हैं?'

पंडित- 'नहीं, मैं तो अकेले ही आया हूं। पर मेरे साथ दारोगाजी और सियाहेनवीस साहब हैं, उनके बाल बच्चे भी साथ हैं।'

कृपा- 'कुल कितने मनुष्य होंगे?'

पंडितजी- 'है तो दस, किन्तु थोड़ी-सी जगह में निर्वाह कर लेंगे।'

कृपा- 'नहीं साहब, बहुत-सी जगह लीजिए। मेरा बड़ा मकान खाली पड़ा है। चलिए, आराम से एक, दो, तीन दिन रहिए। मेरा परम सौभाग्य है कि आपकी कुछ सेवा करने का अवसर मिला।'

कृपाशंकर ने कई कुली बुलाये। असबाब उठवाया और सबको अपने मकान पर ले गया। साफ-सुथरा घर था। नौकर ने चटपट चारपाइयां बिछा दी। घर में पूरियां पकने लगी। कृपाशंकर हाथ बांधे सेवक की भांति दौड़ता था। हृदयोल्लास से उसका मुख-कमल चमक रहा था। उसकी विनय और नम्रता ने सबको मुग्ध कर लिया।

और सब लोग तो खा-पीकर सोये, किंतु पंडित चंद्रधर को नींद नहीं आयी। उनकी विचार-शक्ति इस यात्रा की घटनाओं का उल्लेख कर रही थी। रेलगाड़ी की रगड़-झगड़ और चिकित्सालय की नोच-खसोट के सम्मुख कृपाशंकर की सहृदयता और शालीनता प्रकाशमय दिखाई देती थी।

पंडितजी ने आज शिक्षक का गौरव समझा।

उन्हे आज इस पद की महानता ज्ञात हुई।

यह लोग तीन दिन अयोध्या रहे। किसी बात का कष्ट न हुआ। कृपाशंकर ने उनके साथ जाकर प्रत्येक धाम का दर्शन कराया।

तीसरे दिन जब लोग चलने लगे तो वह स्टेशन तक पहुंचाने आया। जब गाड़ी ने सीटी दी तो उसने सजल नेत्रों से पंडितजी के चरण छुए और बोला, कभी-कभी इस सेवक को याद करते रहिएगा।

पंडितजी घर पहुंचे तो उनके स्वभाव में बड़ा परिवर्तन हो गया उन्होंने फिर किसी दूसरे विभाग में जाने की चेष्टा नहीं की।

सच्चाई का उपहार

तहसीली मदरसा बरांव के प्रधानाध्यापक मुंशी भवानीसहाय को बागवानी का कुछ व्यसन था। क्यारियों में भांति-भांति के फूल और पत्तियां लगा रखी थी। दरवाजों पर लताएं चढ़ा दी थी। इससे मदरसे की शोभा अधिक हो गयी थी। वह मिडिल कक्षा के लड़कों से भी अपने बगीचे को सींचने और साफ करने में मदद लिया करते थे। अधिकांश लड़के इस काम को रुचिपूर्वक करते। इससे उनका मनोरंजन होता था। किंतु दर्जे में चार-पांच लड़के जमींदार के थे। उनमें कुछ ऐसी दुर्जनता थी कि यह मनोरंजक कार्य उन्हें बेगार प्रतीत होता। उन्होंने बाल्यकाल से आलस्य में जीवन व्यतीत किया था। अमीरी का झूठा अभिमान दिल में भरा हुआ था। वह हाथ से कोई काम करना निंदा की बात समझते थे। उन्हें इस बगीचे से घृणा थी। दूसरे लड़कों को भी बहकाते और कहते-वाह! पढ़े फारसी, बेचे तेल! यदि खुरपी, कुदाल ही करना है तो मदरसे में किताबों से सिर मारने की क्या ज़रूरत? यहां पढ़ने आते हैं। कुछ उनका द्वेष और भी बढ़ता था। अंत में यहां तक नौबत पहुंची कि एक दिन उन लड़कों ने सलाह करके उस पुष्प-वाटिका को विध्वंस करने का निश्चय किया। दस बजे मदरसा लगता था किंतु उस दिन वह आठ ही बजे आ गये, और बगीचे में घुसकर उसे उजाड़ने लगे। कहीं पौधे उखाड़ फेंके, कहीं क्यारियों को रौंद डाला, पानी की नालियां तोड़ डाली, क्यारियों की मेंड़ें खोद डाली, मारे भय के छाती धड़क रही थी कि कहीं

कोई देखता न हो। लेकिन एक छोटी-सी फुलवारी को उजाड़ते कितनी देर लगती है। दस मिनट में हरा-भरा बाग नष्ट हो गया। तब यह लड़के शीघ्रता से निकले, लेकिन दरवाजे तक आये थे कि उन्हें अपने एक सहपाठी की सूरत दिखाई दी। यह एक दुबला-पतला दरिद्र, और चतुर लड़का था। उसका नाम बाजबहादुर था। बड़ा गम्भीर, शांत लड़का था। ऊधम पार्टी के लड़के उससे जलते थे। उसे देखते ही उनका रक्त सूख गया। विश्वास हो गया कि इसने ज़रूर देख लिया। यह मुंशीजी से कहे बिना न रहेगा। बुरे फंसे, आज कुशल नहीं है। यह राक्षस इस समय यहां क्या करने आया था। आपस में इशारे हुए। यह सलाह हुई कि इसे मिला लेना चाहिए। जगतसिंह उनका मुखिया था। आगे बढ़कर बोला, 'बाजबहादुर! सवेरे कैसे आ गये? हमने तो आज तुम लोगों के गले की फांसी छुड़ा दी। लाला बहुत दिक किया करते थे, यह करो, वह करो। मगर यार देखो, कहीं मुंशीजी से जोड़ मत देना नहीं तो लेने के देने पड़ जायेंगे।'

जयराम ने कहा- 'कह क्या देंगे? अपने ही तो हैं। हमने जो कुछ किया है वह सबके लिए किया है, केवल अपनी भलाई के लिए नहीं। चलो यार तुम्हें बाजार की सैर करा दें, मुंह मीठा करा दें।' बाजबहादुर ने कहा- 'नहीं, मुझे आज घर पर पाठ याद करने का अवकाश नहीं मिला। यही बैठकर पढ़ूंगा।'

जगतसिंह- 'अच्छा, मुंशीजी से कहोगे तो न?'

बाजबहादुर- 'मैं स्वयं कुछ न कहूंगा, लेकिन उन्होंने मुझसे पूछा तो?'

जगतसिंह- 'कह देना, मुझे नहीं मालूम।'

बाजबहादुर- 'यह झूठ मुझसे न बोला जायेगा।'

जयराम- 'अगर तुमने चुगली खायी और हमारे ऊपर मार पड़ी तो हम तुम्हें पीटे बिना न छोड़ेंगे।'

बाजबहादुर- 'हमने कह दिया कि चुगली न खायेंगे लेकिन मुंशीजी ने पूछा, तो झूठ भी न बोलेंगे।'

   शतरंज के खिलाड़ी और अन्य कहानियां

जयराम– 'तो हम तुम्हारी हड्डियां भी तोड़ देंगे।'

बाजबहादुर– 'इसका तुम्हें अधिकार है।'

* * *

दस बजे जब मदरसा लगा और मुंशी भवानीसहाय ने बाग की यह दुर्दशा देखी तो क्रोध से आग हो गए। बाग के उजड़ने का इतना खेद न था जितना लड़कों की शरारत का। यदि किसी सांड़ ने यह दुष्कृत्य किया होता तो वह केवल हाथ मलकर रह जाते। किन्तु लड़कों के इस अत्याचार को सहन न कर सके। ज्यों ही लड़कें दरजे में बैठ गए, वह तेवर बदले हुए आए और पूछा– 'यह बाग किसने उजाड़ा है?'

कमरे में सन्नाटा छा गया। अपराधियों के चेहरे पर हवाइयां उड़ने लगी। मिडिल कक्षा के पच्चीस विद्यार्थियों में कोई ऐसा न था जो इस घटना को न जानता हो किंतु किसी में यह साहस न था कि उठकर साफ-साफ कह दे। सब सिर झुकाए मौन धारण किए बैठे थे।

मुंशीजी का क्रोध और भी प्रचंड हुआ। चिल्लाकर बोले– 'मुझे विश्वास है कि यह तुम ही लोगों में से किसी की शरारत है। जिसे मालूम हो स्पष्ट कह दे, नहीं तो मैं एक सिरे से पीटना शुरू करूंगा। फिर कोई यह न कहे कि हम निरपराध मारे गए।'

एक लड़का भी न बोला। वही सन्नाटा!

मुंशी– 'देवी प्रसाद तुम जानते हो?'

देवी– 'जी नहीं, मुझे कुछ नहीं मालूम।'

'शिवदार तुम जानते हो?'

'जी नहीं, मुझे कुछ नहीं मालूम।'

'बाजबहादुर तुम कभी झूठ नहीं बोलते, तुम्हें मालूम है?'

बाजबहादुर खड़ा हो गया, उसके मुख-मंडल पर वीरत्व का प्रकाश था। नेत्रों में साहस झलक रहा था, बोला– 'जी हां!

मुंशीजी ने कहा– 'शाबाश!'

अपराधियों ने बाजबहादुर की ओर रक्त-वर्ण आंखों से देखा और मन में कहा– अच्छ!

***

भवानीसहाय बड़े धैर्यवान मनुष्य थे। यथाशक्ति लड़कों को यातना नहीं देते किन्तु ऐसी दुष्टता का दंड देने में वह लेशमात्र भी दया न दिखाते थे। छड़ी मंगाकर पांचों अपराधियों को दस-दस छड़ियां लगायीं, सारे दिन बेंच पर खड़ा रखा और चाल-चलन के रजिस्टर में उनके नाम के सामने काले चिह्न बना दिए।

बाजबहादुर से शरारत पार्टी वाले लड़के यों ही जला करते थे, आज उसकी सच्चाई के कारण उसके खून के प्यासे हो गए। यंत्रणा में सहानुभूति पैदा करने की शक्ति होती हैं। इस समय दरजे के अधिकांश लड़के अपराधियों के मित्र हो रहे थे उनमें षड्यंत्र रचा जाने लगा कि आज बाजबहादुर की खबर ली जाय। ऐसा मारो कि फिर मदरसे में मुंह न दिखावे। यह हमारे घर का भेदी है। दगाबाज! बड़ा सच्चे की दुम बना है! आज इसे सच्चाई का हल मालूम हो जायेगा! बेचारे बाजबहादुर को इस गुप्त-लीला की जरा भी खबर न थी। विद्रोहियों ने उसे अंधकार में रखने का यत्न किया था।

छुट्टी समाप्त होने के बाद बाजबहादुर घर की तरफ चला। रास्ते में एक अमरूद का बाग था। वहां जगत सिंह और जयराम कई लड़कों के साथ खड़े थे। बाजबहादुर चौंका, समझ गया कि यह लोग मुझे छेड़ने पर उतारू हैं। किंतु बचने का कोई उपाय न था। कुछ हिचकता हुआ आगे बढ़ा। जगत सिंह बोला— 'आओ लाला, बहुत राह दिखायी। आओ, सच्चाई का इनाम लेते जाओ।'

बाजबहादुर— 'रास्ते से हट जाओ, मुझे जाने दो।'

जयराम— 'जरा सच्चाई का मजा तो चखते जाइए।'

बाजबहादुर— 'मैंने तुमसे कह दिया था कि जब मेरा नाम लेकर पूछेंगे तो मैं बता दूंगा।'

जयराम— 'हमने भी तो कह दिया था कि तुम्हें इस काम का इनाम दिए बिना न छोड़ेंगे।' यह कहते ही वह बाजबहादुर की तरफ घूंसा तानकर बढ़ा। जगतसिंह ने उसके दोनों हाथ पकड़ने

 शतरंज के खिलाड़ी और अन्य कहानियां

चाहे। जयराम का छोटा भाई शिवराम अमरूद की एक टहनी लेकर झपटा। शेष लड़के चारों तरफ खड़े होकर तमाशा देखने लगे। एक 'रिजर्व' सेना थी जो आवश्यकता पड़ने पर मित्रदल की सहायता के लिए तैयार थी। बाजबहादुर दुर्बल लड़का था। उसकी मरम्मत करने को वह तीन मजबूत लड़के काफी थे। सब लोग यही समझ रहे थे कि क्षणभर में यह तीनों उसे गिरा लेंगे। बाजबहादुर ने जब देखा कि शत्रुओं ने शस्त्र-प्रहार करना शुरू कर दिया तो उसने कनखियों से इधर-उधर देखा, तब तेजी से झपटकर शिवराम के हाथ से अमरूद की टहनी छीन ली, और दो कदम पीछे हटकर टहनी ताने हुए बोला- 'तुम मुझे सच्चाई का इनाम या सजा देने वाले कौन हो?'

दोनों ओर से दांव-पेंच होने लगे। बाजबहादुर था तो कमजोर, पर अत्यंत चपल और सतर्क, उस पर सत्य का विश्वास हृदय को और भी बलवान बनाए हुए था। सत्य चाहे सिर कटा दे, लेकिन कदम पीछे नहीं हटाता। लेकिन अमरुद की टहनी कहां तक थाम सकती, जरा देर में उसकी धज्जियां उड़ गयी। जब तक वह उसके हाथ में रही तलवार रही। कोई उसके निकट आने की हिम्मत न करता था। निहत्था होने पर वह ठोकरों और घूंसों से जवाब देता रहा। मगर अंत में अधिक संख्या ने विजय पाई। बाजबहादुर की पसली में शिवराम का एक घूंसा ऐसा पड़ा कि वह बेदम होकर गिर पड़ा। आंखें पथरा गयी और मूर्छा-सी आ गई। शत्रुओं ने यह दशा देखी तो उनके हाथों के तोते उड़ गये। समझे इसकी जान निकल गई। बेतहाशा भागे।

कोई दस मिनट के पीछे बाजबहादुर सचेत हुआ। कलेजे पर चोट लग गई। घाव ओछा पड़ा था, तिस पर भी खड़े होने की शक्ति न थी। साहस करके उठा और लंगड़ाता हुआ घर की ओर चला।

उधर यह विजय दल भागते-भागते जयराम के मकान पर पहुंचा। रास्ते ही में सारा दल तितर-बितर हो गया। कोई इधर से निकल भागा, कोई उधर से, कठिन समस्या आ पड़ी थी। जयराम

के घर तक केवल तीन सुदृढ़ लड़के पहुंचे। वहां पंहुचकर उनकी जान-में-जान आयी।

जयराम- 'कहीं मर न गया हो। मेरा घूंसा बैठ गया था।'

जगतसिंह- 'तुम्हें पसली में नहीं मारना था। अगर तिल्ली फट गयी होगी तो न बचेगा!'

जयराम- 'यार, मैंने जान के थोड़े ही मारा था। संयोग ही था। अब बताओ क्या किया जाये?'

जगत- 'करना क्या है, चुपचाप बैठे रहो।'

जयराम- 'कहीं मैं अकेला तो न फसूंगा?'

जगत- 'अकेला कौन फंसेगा, सबके साथ चलेंगे।'

जयराम- 'अगर बाजबहादुर मरा नहीं है तो उठकर सीधे मुंशी जी के पास जायेगा।'

जगत- 'और मुंशीजी कल हम लोगों की खाल अवश्य उधेड़ेंगे।'

जयराम- 'इसलिए मेरी सलाह है कि कल मदरसे जाओ ही नहीं। नाम कटा के दूसरी जगह चलें। नहीं तो बीमारी का बहाना करके बैठे रहें। महीने-दो महीने के बाद जब मामला ठंडा पड़ जाएगा तो देखा जाएगा।'

शिवराम- 'और जो परीक्षा होने वाली है?'

जयराम- 'ओ हो! इसका तो ख्याल ही न था। एक ही महीना तो और रह गया है।'

जगत- 'तुम्हें अबकी जरूर वजीफ़ा मिलता।'

जयराम- 'हां, मैंने बहुत परिश्रम किया था। तो फिर।'

जगत- 'कुछ नहीं, तरक्की तो हो जायेगी। वजीफ़े से हाथ धोना पड़ेगा।'

जयराम- 'बाजबहादुर के हाथ लग जाएगा।'

जगत- 'बहुत अच्छा होगा! बेचारे ने मार भी तो खायी है।'

दूसरे दिन मदरसा लगा। जगतसिंह, जयराम और शिवराम तीनों गायब थे। वली मुहम्मद पैर में पट्टी बांधे आए थे, लेकिन

भय के मारे बुरा हाल था। कल के दर्शकगण भी थरथरा रहे थे कि कहीं हम लोग भी गेंहू के साथ घुन की तरह पिस न जायें। बाजबहादुर नियमानुसार अपने काम में लगा हुआ था। ऐसे मालूम होता था मानो उसे कल की बातें याद ही नहीं है। किसी ने उनकी चर्चा न की। हां, आज वह अपने स्वभाव के प्रतिकूल कुछ प्रसन्नचित्त देख पड़ता था। विशेषतः कल के योद्धाओं से वह अधिक हिला-मिला हुआ था। वह चाहता था कि यह लोग मेरी ओर से निःशंक हो जाये। रातभर विवेचना के पश्चात उसने यही निश्चय किया था और आज जब संध्या समय वह घर चला तो उसे अपनी उदारता का फल मिल चुका था। उसके शत्रु लज्जित थे और उसकी प्रशंसा करते थे।

मगर वह तीनों अपराधी दूसरे दिन भी न आए। तीसने दिन भी उनका कहीं पता न था। वह घर से मदरसे को चलते लेकिन देहात की तरफ निकल जाते। वहां दिनभर किसी वृक्ष के नीचे रहते, अथवा गुल्ली डंडे खेलते। शाम को घर चले आते।

उन्होंने यह पता तो लगा लिया था कि इस समर के अन्य सभी योद्धागण मदरसे आते हैं और मुंशीजी उनसे कुछ नहीं बोलते, किन्तु चित्त से शंका दूर न होती थी। बाजबहादुर ने जरूर कहा होगा। हम लोगों के जाने की देर है। गए और बेभाव की पड़ी। यही सोचकर मदरसे आने का साहस न कर सकते।

* * *

चौथे दिन प्रातःकाल तीनों अपराधी बैठे सोच रहे थे कि आज किधर चलना चाहिए। इतने में बाजबहादुर आता दिखाई दिया। इन लोगों को आश्चर्य तो हुआ परंतु उसे अपने द्वार पर आते देखकर कुछ आशा बंध गई। यह लोग अभी बोलने भी न पाए थे कि बाजबहादुर ने कहा- 'क्यों मित्रों, तुम लोग मदरसे क्यों नहीं आते? तीन दिन से गैरहाज़िरी हो रही है।'

जगत- 'मदरसे क्या जाएं, जान भारी पड़ी है? मुंशीजी जी एक हड्डी भी न छोड़ेंगे।'

बाजबहादुर- 'क्यों वलीमुहम्मद, दुर्गा, सभी तो आते हैं, मुंशी जी ने किसी से भी कुछ नहीं कहा?'

जयराम- 'तुमने उन लोगों को छोड़ दिया होगा, लेकिन हमें भला तुम क्यों छोड़ने लगे। तुमने एक-एक की तीन जड़ी होगी।'

बाजबहादुर- 'आज मदरसे चलकर इसकी परीक्षा ही कर लो।'

जगत- 'यह झांसे रहने दीजिए। हमें पिटवाने की चाल है।'

बाजबहादुर- 'तो मैं कहीं भागा तो नहीं जाता? उस दिन सच्चाई की सजा दी थी, आज झूठ का इनाम दे देना।'

जयराम- 'सच कहते हो, तुमने शिकायत नहीं की?'

बाजबहादुर- 'शिकायत की कौन बात थी। तुमने मुझे मारा, मैंने तुम्हें मारा। अगर तुम्हारा घूंसा न पड़ता तो मैं तुम लोगों को रण-क्षेत्र से भगाकर दम लेता। आपस में झगड़ों की शिकायत करने की मेरी आदत नहीं है।'

जगत- 'चलूं तो यार लेकिन विश्वास नहीं आता! तुम हमें झांसे दे रहे हो, वहां कचूमर निकलवा लोगे।'

बाजबहादुर- 'तुम जानते हो, झूठ बोलने की मेरी बान नहीं है।'

यह शब्द बाजबहादुर ने ऐसे विश्वासोत्पादक रीति से कहे कि उन लोगों का भ्रम दूर हो गया! बाजबहादुर के चले आने के पश्चात तीनों देर तक उसकी बातों की विवेचना करते रहे! अंत में यही निश्चय हुआ कि आज चलना चाहिए!

ठीक दस बजे तीनों मित्र मदरसे पहुंच गए, किन्तु चित्त में आशंकित थे! चेहरे का रंग उड़ा हुआ था।

मुंशीजी कमरे में आये। लड़कों ने खड़े होकर उनका स्वागत किया, उन्होंने तीनों मित्रों की ओर तीव्र दृष्टि से देखकर केवल इतना कहा- 'तुम लोग तीन दिन से गैरहाज़िर हो। देखो, दरजे में जो इम्तहानी सवाल हुए हैं उन्हें नकल कर लो।'

फिर पढ़ाने में मग्न हो गये!

 शतरंज के खिलाड़ी और अन्य कहानियां

***

जब पानी पीने के लिए लड़कों को आधे घंटे का अवकाश मिला तो तीनों मित्र और सहयोगी जमा होकर बातें करने लगे।

जयराम- 'हम तो जान पर खेलकर मदरसे आते थे, मगर बाजबहादुर है बात का धनी।'

वलीमुहम्मद- 'मुझे तो ऐसा मालूम होता है वह आदमी नहीं देवता है। यह आंखों देखी बात न होती तो मुझे कभी इस पर विश्वास न आता।'

जगत- 'भलमनसी इसी को कहते हैं। हमसे बड़ी भूल हुई कि उसके साथ ऐसा अन्याय किया।'

दुर्गा- 'चलो उससे क्षमा मांगे।'

जयराम- 'हां, यह तुम्हें खूब सूझी। आज ही।'

जब मदरसा बंद हुआ तो दरजे के साथ सब लड़के मिलकर बाजबहादुर के पास गये। जगतसिंह उनका नेता बनकर बोला, 'भाई साहेब! हम सब के सब तुम्हारे अपराधी हैं। तुम्हारे साथ हम लोगों ने जो अत्याचार किया है उस पर हम हृदय से लज्जित हैं। हमारा अपराध क्षमा करो। तुम सज्जनता की मूर्ति हो, हम लोग उजड्ड, गंवार और मूर्ख हैं; हमें अब क्षमा प्रदान करो।

बाजबहादुर की आंखों में आंसू भर आये बोला, 'मैं पहले भी तुम लोगों को अपना भाई समझता था और अब भी वही समझता हूं। भाइयों के झगड़े में क्षमा कैसी?'

सब-के-सब उससे गले मिले। इसकी चर्चा सारे मदरसे में फैल गयी। सारा मदरसा बाजबहादुर की पूजा करने लगा। वह अपने मदरसे का मुखिया, नेता और शिरमौर बन गया।

पहले उसे सच्चाई का दंड मिला, अबकी सच्चाई का उपहार मिला।

बूढ़ी काकी

बुढ़ापा बहुधा बचपन का पुनरागमन हुआ करता है। बूढ़ी काकी में जिह्वास्वाद के सिवा और कोई चेष्टा शेष न थी और अपने कष्टों की ओर आकर्षित करने का, रोने के अतिरिक्त कोई दूसरा सहारा ही। समस्त इन्द्रियां, नेत्र, हाथ और पैर जवाब दे चुके थे! पृथ्वी पर पड़ी रहती। और घर वाले कोई बात उनकी इच्छा के प्रतिकूल करते, भोजन का समय टल जाता या उसका परिणाम पूर्ण न होता, अथवा बाजार से कोई वस्तु आती और न मिलती तो ये रोने लगती थी। उनका रोना-सिसकना साधारण रोना न था, वे गला फाड़-फाड़कर रोती थीं।

उनके पतिदेव को स्वर्ग सिधारे कालांतर हो चुका था। बेटे तरुण हो-होकर चल बसे थे। अब एक भतीजे के सिवाय और कोई न था। उसी भतीजे के नाम पर उन्होंने अपनी सम्पत्ति लिख दी। भतीजे ने सारी सम्पत्ति लिखाते समय खूब लम्बे-चौड़े वादे किए, किन्तु वे सब वादे केवल कुली डिपो के दलालों के दिखाये हुए सब्ज़बाग थे। यद्यपि उस सम्पत्ति की वार्षिक आय डेढ़ दो सौ रुपये से कम न थी तथापि बूढ़ी काकी को पेट भर भोजन भी कठिनाई से मिलता था। इसमें उनके भतीजे पंडित बुद्धिराम का अपराध था अथवा उनकी अर्धांगिनी श्रीमती रूपा का, इसका निर्णय करना सहज नहीं। बुद्धिराम स्वभाव के सज्जन थे, किन्तु उसी समय तक, जब तक कि उनके कोष पर कोई आंच न आये। रूपा स्वभाव से तीव्र थी सही, पर ईश्वर से डरती थी। अतएव

 शतरंज के खिलाड़ी और अन्य कहानियां

बूढ़ी काकी को उसकी तीव्रता उतनी न खलती थी जितनी बुद्धिराम की भलमनसाहत।

बुद्धिराम को कभी-कभी अपने अत्याचार का खेद होता था। विचारते कि इसी सम्पत्ति के कारण मैं इस समय भलामानुष बना बैठा हूं। यदि मौखिक आश्वासन और सूखी सहानुभूति से स्थिति में सुधार हो सकता तो उन्हें कदाचित् कोई आपत्ति न होती, परन्तु विशेष व्यय का भय उनकी सचेष्टा को दबाये रखता था। यहां तक कि यदि द्वार पर कोई भला आदमी बैठा होता और बूढ़ी काकी उस समय अपना राग अलापने लगतीं तो वह आग हो जाते और घर में आकर उन्हें जोर से डांटते। लड़कों को बुड्ढ़ों से स्वाभाविक विद्वेष होता ही है और फिर जब माता-पिता का यह रंग देखते तो वे बूढ़ी काकी को और सताया करते। कोई चुटकी काटकर भागता, कोई उन पर पानी की कुल्ली कर देता। काकी चीख मारकर रोती, परंतु यह बात प्रसिद्ध थी कि वह केवल खाने के लिए रोती हैं, अतएव उनके संताप और अंतर्नाद पर कोई ध्यान नहीं देता था। हां, काकी क्रोधातुर होकर बच्चों को गालियां देने लगती तो रूपा घटनास्थल पर आ पहुंचती। इस भय से काकी अपनी जिह्वा-कृपाण का कदाचित् ही प्रयोग करती थीं, यद्यपि उपद्रव शांति का यह उपाय रोने से कहीं अधिक उपयुक्त था।

सम्पूर्ण परिवार में यदि काकी से किसी को अनुराग था, तो वह बुद्धिराम की छोटी लड़की लाड़ली थी। लाड़ली अपने दोनों भाइयों के भय से अपने हिस्से की मिठाई, चबेना बूढ़ी काकी के पास बैठकर खाया करती थी। यही उसका रक्षागार था और यद्यपि काकी की शरण उनकी लोलुपता के कारण बहुत मंहगी पड़ती थी, तथापि भाइयों के अन्याय से कहीं सुलभ थी। इसी स्वार्थानुकूलता ने उन दोनों में सहानुभूति का आरोपण कर दिया था।

* * *

रात का समय था। बुद्धिराम के द्वार पर शहनाई बज रही थी

और गांव के बच्चों का झुंड विस्मयपूर्ण नेत्रों से गाने का रसास्वादन कर रहा था। चारपाइयों पर मेहमान विश्राम करते हुए नाइयों से मुक्कियां लगवा रहे थे। समीप ही खड़ा हुआ भाट विरदावली सुना रहा था और कुछ भावज्ञ मेहमानों की 'वाह-वाह' पर ऐसा खुश हो रहा था मानों इस 'वाह-वाह' का यथार्थ में वही अधिकारी है। दो-एक अंग्रेजी पढ़े हुए नवयुवक इन व्यवहारों से उदासीन थे, वे इस गंवार मंडली में बोलना अथवा सम्मिलित होना अपनी प्रतिष्ठा के प्रतिकूल समझते थे।

आज बुद्धिराम के बड़े लड़के का तिलक आया है। यह उसी का उत्सव है। घर के भीतर स्त्रियां गा रही थीं और रूपा मेहमानों के लिए भोजन के प्रबन्ध में व्यस्त थी। भट्टियों पर कड़ाह चढ़ रहे थे। एक में पूड़िया-कचौड़िया निकल रही थी। घी और मसाले की क्षुधावर्द्धक सुगंधि चारों ओर फैली हुई थी।

बूढ़ी काकी अपनी कोठरी में शोकमय विचार की भांति बैठी हुई थी। यह स्वाद मिश्रित सुगंधि उन्हें बेचैन कर रही थी। वे मन-ही-मन विचार कर रही थी, संभवत: मुझे पूड़िया न मिलेंगी। इतनी देर हो गयी, कोई भोजन लेकर नहीं आया। मालूम होता है, सब लोग भोजन कर चुके हैं। मेरे लिए कुछ न बचा। यह सोचकर उन्हें रोना आया; परन्तु अपशकुन के भय से वह रो न सकीं।

'आहा! कैसी सुगंधि है? अब मुझे कौन पूछता है? जब रोटियों ही के लाले पड़े हैं तब ऐसे भाग्य कहां कि भर पेट पूड़िया मिलें? यह विचारकर उन्हें रोना आया, कलेजे में कूक-सी उठने लगी। परंतु रूपा के भय से उन्होंने फिर मौन धारण कर लिया।

बूढ़ी काकी देर तक इन्हीं दु:खदायक विचारों में डूबी रही। घी और मसालों की सुगंधि रह-रहकर मन को आपे से बाहर किए देती थी। मुंह में पानी भर-भर आता था। पूड़ियों का स्वाद स्मरण करके हृदय में गुदगुदी होने लगती थी। किसे पुकारूं, आज

लाड़ली बेटी भी नहीं आयी। दोनों छोकरें सदा दिक किया करते हैं। आज उनका भी कहीं पता नहीं। कुछ मालूम तो होता कि क्या बन रहा है?

बूढ़ी काकी की कल्पना में पूड़ियों की तस्वीर नाचने लगी। खूब लाल-लाल, फूली-फूली नरम-नरम होंगी। रूपा ने भली-भांति भोजन किया होगा। कचौड़ियों में अजवाइन और इलायची की महक आ रही होगी। एक पूड़ी मिलती तो जरा हाथ में लेकर देखती। क्यों न चल कर कड़ाह के सामने ही बैठूं। पूड़ियां छन-छनकर तैयार होंगी। कड़ाह से गरम-गरम निकालकर थाल में रखी जाती होंगी। फूल हम घर में भी सूंघ सकते हैं; परंतु वाटिका में कुछ और बात होती है। इस प्रकार निर्णय करके बूढ़ी काकी उकड़ूं बैठकर हाथों के बल सरकती हुई बड़ी कठिनाई में चौखट से उतरी और धीरे-धीरे रेंगती हुई कड़ाह के पास आ बैठी। यहां आने पर उन्हें उतना ही धैर्य हुआ जितना भूखे कुत्ते को खाने के सम्मुख बैठने में होता है।

रूपा उस समय कार्य-भार में उद्विग्न हो रही थी। कभी इस कोठे में जाती, कभी उस कोठे में, कभी कड़ाह के पास आती, कभी भंडार में जाती। किसी ने बाहर से आकर कहा – 'महाराज ठंडाई मांग रहे हैं'। ठंडाई देने लगी। इतने में फिर किसी ने आकर कहा – 'भाट आया है, उसे कुछ दे दो।' भाट के लिए सीधा निकाल रही थी कि एक तीसरे आदमी ने आकर पूछा- 'अभी भोजन तैयार होने में कितना विलम्ब है? जरा ढोल मजीरा उतार दो।' बेचारी अकेली स्त्री दौड़ते-दौड़ते व्याकुल हो रही थी, झुंझलाती थी, कुढ़ती थी, परंतु क्रोध प्रकट करने का अवसर न पाती थी। भय होता, कहीं पड़ोसिने यह न कहने लगें कि इतने में उबल पड़ी। प्यास से स्वयं कंठ सूख रहा था। गर्मी के मारे फुंकी जाती थी, परन्तु इतना अवकाश भी नहीं था कि जरा पानी पी ले अथवा पंखा लेकर झलें। यह भी खटका था कि जरा आंख

हटी और चीजों की लूट मची। इस अवस्था में उसने बूढ़ी काकी को कड़ाह के पास बैठी देखा तो जल गयी। क्रोध न रुक सका। इसका भी ध्यान न रहा कि पड़ोसिनें बैठी हैं, मन में क्या कहेंगी। पुरुषों में लोग सुनेंगे तो क्या कहेंगे। जिस प्रकार मेढ़क कंचुए पर झपटता है, उसकी प्रकार वह बूढ़ी काकी पर झपटी और उन्हें दोनों हाथों से झटककर बोली– 'ऐसे पेट में आग लगे, पेट है या भाड़? कोठरी में बैठते हुए क्या दम घुटता था? अभी मेहमानों ने नहीं खाया, भगवान को भोग नहीं लगा, तब तक धैर्य न हो सका? आकर छाती पर सवार हो गयीं। जल जाय ऐसी जीभ। दिन भर खाती न होती तो न जाने किसकी हांडी में मुंह डालती? गांव देखेगा, तो कहेगा कि बुढ़िया भर पेट खाने को नहीं पाती, तभी तो इस तरह मुंह बाये फिरती है। डायन न मरे न मांचा छोड़े। नाम बेचने पर लगी हैं। नाक कटवाकर दम लेगी। इतना ठूंसती है, न जाने कहां भसम हो जाता है। लो! भला चाहती हो तो जाकर कोठरी में बैठों, जब घर के लोग खाने लगेंगे तब तुम्हें मिलेगा। तुम कोई देवी नहीं हो कि चाहे किसी के मुंह में पानी न जाये, परंतु तुम्हारी पूजा पहले ही हो जाये।'

बूढ़ी काकी ने सिर न उठाया, न रोई न बोली। चुपचाप रेंगती हुई अपनी कोठरी में चली गयी। आवाज़ ऐसी कठोर थी कि हृदय और मस्तिष्क की सम्पूर्ण शक्तियां, सम्पूर्ण विचार और सम्पूर्ण भार उसी ओर आकर्षित हो गये थे। नदी में जब करार का कोई वृहद खंड कटकर गिरता है तो आस-पास का जलसमूह चारों ओर उसी स्थान को पूरा करने के लिए दौड़ता है।

3

भोजन तैयार हो गया। आंगन में पत्तलें पड़ गयीं, मेहमान खाने लगे। स्त्रियों ने जेवनार–गीत गाना आरंभ कर दिया। मेहमानों के नाई और सेवकगण भी उसी मंडली के साथ किंतु कुछ हटकर भोजन करने बैठे थे, परंतु सभ्यतानुसार जब तक सब-के-सब खा

   शतरंज के खिलाड़ी और अन्य कहानियां

चुके, कोई उठ नहीं सकता था। दो-एक मेहमान, जो कुछ पढ़े लिखे थे, सेवकों के दीर्घाहार पर झुंझला रहे थे, वे इस बंधन को व्यर्थ और बेसिर की बात समझते थे।

बूढ़ी काकी अपनी कोठरी में जाकर पश्चाताप कर रही थीं कि मैं कहां से वहां गयी। उन्हें रूपा पर क्रोध नहीं था। अपनी जल्दबाजी पर दुःख था। सच ही तो है, जब तक मेहमान लोग भोजन न कर चुकेंगे, घरवाले कैसे खायेंगे। मुझसे इतनी देर भी नहीं रहा गया। सबके सामने पानी उतर गया। अब, जब तक कोई बुलाने न आयेगा न जाऊंगी।

मन-ही-मन इसी प्रकार का विचार कर वह बुलावे की प्रतीक्षा करने लगी। परंतु घी की रुचिकर सुबास बड़ी धैर्य-परीक्षक प्रतीत हो रही थी। उन्हें एक-एक पल एक-एक युग के समान मालूम होता था। अब पत्तल बिछ गयी होगी, अब मेहमान आ गए होंगे। लोग हाथ-पैर धो रहे हैं, नाई पानी दे रहा है। मालूम होता है, लोग खाने बैठे गये। जेवनार गाया जा रहा है। यह विचार कर वह मन को बहलाने के लिए लेट गई। धीरे-धीरे एक गीत गुनगुनाने लगी। उन्हें मालूम हुआ कि मुझे गाते देर हो गयी। क्या इतनी देर तक लोग भोजन कर ही रहे होंगे। किसी की आवाज नहीं सुनाई देती। अवश्य ही लोग खा-पीकर चले गये। मुझे कोई बुलाने नहीं आया। रूपा चिढ़ गयी है, क्या जाने न बुलाये। सोचती होगी आप ही आएंगी। वह कोई मेहमान तो नहीं जो उन्हें बुलाऊं। बूढ़ी काकी चलने के लिए तैयार हुई। यह विश्वास कि एक मिनट में पूड़ियां और मसालेदार तरकारियां सामने आयेंगी, उनकी स्वादेन्द्रियों को गुदगुदाने लगा। उन्होंने मन में तरह-तरह के मंसूबे बांधे, पहले तरकारी से पूड़िया खाऊंगी, फिर दही और शक्कर से, कचौरियां रायते के साथ मजेदार मालूम होंगी। चाहे कोई बुरा माने चाहें भला, मैं तो मांग-मांगकर खाऊंगी। यही न लोग कहेंगे कि इन्हें विचार नहीं? कहा करें, इतने दिन के बाद

पूड़ियां मिल रही हैं तो मुंह जूठा करके थोड़े ही उठ जाऊंगी।

वह उकड़ूं बैठकर हाथों के बल सरकती हुई आंगन में आयी। परन्तु हाय दुर्भाग्य! अभिलाषा ने अपने पुराने स्वभाव के अनुसार समय की मिथ्या कल्पना की थी। मेहमान-मंडली अभी बैठी हुई थी। कोई खाकर उंगलियां चाटता था, कोई तिरछे नेत्रों से देखता था कि लोग अभी खा रहे हैं या नहीं। कोई इस चिंता में था कि पत्तल पर पूड़ियां छूटी जाती हैं, किसी तरह इन्हें भीतर रख लेता। कोई दही खाकर जीभ चटकारता था, परन्तु दूसरा दोना मांगते संकोच करता था कि इतने में बूढ़ी काकी रेंगती हुई उनके बीच जा पहुंची। कई आदमी चौंककर उठ खड़े हुए। पुकारने लगे– 'अरे यह बुढ़िया कौन है? यह कहां से आ गयी? देखो किसी को छू न दे।

पंडित बुद्धिराम काकी को देखते ही क्रोध से तिलमिला गये। पूड़ियों का थाल लिये खड़े थे। थाल को जमीन पर पटक दिया और जिस प्रकार निर्दयी महाजन अपने किसी बेईमान भगोड़े कर्जदार को देखते ही झपटकर उसका टेंटुआ पकड़ लेता है; उसी तरह लपककर उन्होंने काकी के दोनों हाथ पकड़े और घसीटते हुए लाकर उन्हें अंधेरी कोठरी में धम से पटक दिया। आशा-रूपी वाटिका लू के एक झोंके से नष्ट-विनष्ट हो गयी।

मेहमानों ने भोजन किया। घरवालों ने भोजन किया। बाजेवाले, धोबी, चमार भी भोजन कर चुके थे, परन्तु बूढ़ी काकी को किसी ने न पूछा। बुद्धिराम और रूपा दोनों ही बूढ़ी काकी को उनकी निर्लज्जता के लिए दंड देने का निश्चय कर चुके थे। उनके बुढ़ापे पर, दीनता पर, हतज्ञान पर किसी को करूणा न आयी थी। अकेली लाडली उनके लिए कुढ़ रही थी।

लाडली को काकी से अत्यंत प्रेम था। बेचारी भोली लड़की थी। बाल-विनोद और चंचलता की उसमें गंध तक न थी। दोनों बार जब उसके माता-पिता ने काकी को निर्दयता से घसीटा तो

लाड़ली का हृदय ऐंठ कर रह गया। वह झुंझला रही थी कि यह लोग काकी को क्यों बहुत-सी पूड़िया नहीं दे देते? क्या मेहमान सब-की-सब खा जायेंगे? और यदि काकी ने मेहमानों के पहले खा लिया तो क्या बिगड़ जायेगा? वह काकी के पास जाकर उन्हें भी देना चाहती थी, परन्तु माता के भय से न जाती थी। उसने अपने हिस्से की पूड़ियां बिलकुल न खायीं थी। अपनी गुड़ियों की पिटारी में बन्द कर दी थीं। वह उन पूड़ियों को काकी के पास ले जाना चाहती थी, उसका हृदय अधीर हो गया था। बूढ़ी काकी मेरी बात सुनते ही उठ बैठेंगी, पूड़िया खाकर प्रसन्न होंगी। मुझे खूब प्यार करेंगी।

रात के ग्यारह बज गये थे। रूपा आंगन में पड़ी सो रही थी। लाड़ली की आंखों में नींद न आती थी। काकी को पूड़ियां खिलाने की खुशी उसे सोने न देती थी। उसने गुड़ियों की पिटारी सामने ही रखी थी। जब विश्वास हो गया कि अम्मा सो रही हैं, तो वह चुपके से उठी और विचारने लगी, चलूं। चारों ओर अंधेरा था। केवल चूल्हों में आग चमक रही थी, और चूल्हे के पास एक कुत्ता लेटा हुआ था। लाड़ली की दृष्टि द्वार के सामने वाले नल की ओर गयीं, उसे मालूम हुआ कि उस पर हनुमानजी बैठे हुए हैं। उनकी पूंछ, उनकी गदा, सब स्पष्ट दिखलाई दे रही है। मारे भय के उसने आंखें बंद कर लीं। इतने में कुत्ता उठ बैठा, लाड़ली को ढांढस हुआ। कई सोये हुए मनुष्यों के बदले एक भागता हुआ कुत्ता उनके लिए अधिक धैर्य का हुआ। उसने पिटारी उठायी और बूढ़ी काकी की कोठरी की ओर चली।

* * *

बूढ़ी काकी को केवल इतना स्मरण था कि किसी ने मेरा हाथ पकड़कर घसीटा; फिर ऐसा मालूम हुआ जैसे कोई पहाड़ पर उड़ाये लिये जाता है। उनके पैर बार-बार पत्थरों से टकराये, तब किसी ने उन्हें पहाड़ पर से पटका, वे मूर्च्छित हो गयीं।

जब वे सचेत हुई तो किसी की जरा भी आहट न मिलती थी। समझी कि सब लोग खा-पीकर सो गये और उनके साथ मेरी तकदीर भी सो गयी। रात कैसे कटेगी राम? क्या खाऊं? पेट में अग्नि धधक रही है? हां! किसी ने मेरी सुधि न ली। क्या मेरा पेट काटने से धन जुड़ जाएगा? इन को इतनी भी दया नहीं आती कि न जाने बुढ़िया कब मर जाये? उसका जी क्यों दुखावें? मैं अंधी अपाहिज ठहरी, न कुछ सुनूं न बूझूं। यदि आंगन में चली गयी तो क्या बुद्धिराम से इतना कहते न बनता था कि काकी अभी लोग खा रहे हैं, फिर आना। मुझे घसीटा, पटका। उन्हीं पूड़ियों के लिए रूपा ने सबके सामने गालियां दीं। उन्हीं पूड़ियों के लिए इतनी दुर्गति करने पर भी उनका पत्थर का कलेजा न पसीजा। सबको खिलाया, मेरी बात तक न पूछी। जब-तब ही न दीं, तब-अब क्या देंगे?

यह विचार कर काकी निराशमय संतोष के साथ लेट गयी। ग्लानि से गला भर-भर आता था, परन्तु मेहमानों के भय से रोती न थी।

सहसा उनके कानों में आवाज आयी- 'काकी उठो, मैं पूड़ियां लायी थी।' काकी ने लाड़ली की बोली पहचानी। झटपट उठ बैठी। दोनों हाथों से लाड़ली को टटोला और उसे गोद में बैठा लिया। लाड़ली ने पूड़ियां निकाल कर दीं। काकी ने पूछा- 'क्या तुम्हारी अम्मा ने दी है।'

लाड़ली ने कहा- 'नहीं, यह मेरे हिस्से की है।'

काकी पूड़ियों पर टूट पड़ीं। पांच मिनट में पिटारी खाली हो गयी। लाडली ने पूछा- 'काकी पेट भर गया?'

जैसे थोड़ी-सी वर्षा ठंडक के स्थान पर और गर्मी पैदा कर देती उसी भांति इन थोड़ी पूड़ियों ने काकी की क्षुधा और इच्छा को और उत्तेजित कर दिया था। बोली- 'नहीं बेटी, जाकर अम्मा से और मांग लाओ।'

लाड़ली ने कहा- 'अम्मा सोती है, जगाऊंगी तो मारेंगी।'

काकी ने पिटारी को फिर टटोला। उसमें कुछ खुर्चन गिरे थे। उन्हें निकाल कर वे खा गयीं। बार-बार होंठ चाटती थीं, चटखारे भरती थी।

हृदय मसोस रहा था कि पूड़िया कैसे पाऊं। संतोष-सेतु जब टूट जाता है तब इच्छा का बहाव अपरिमित हो जाता है। मतवालों को मद का स्मरण करना उन्हें मदांध बनाता है। काकी का अधीर मन इच्छा के प्रबल प्रवाह में बह गया। उचित ओर अनुचित का विचार जाता रहा। वे कुछ देर तक उस इच्छा को रोकती रहीं। सहसा लाड़ली से बोली- 'मेरा हाथ पकड़ कर वहां ले चलो जहां मेहमानों ने बैठकर भोजन किया है।'

लाड़ली उनका अभिप्राय समझ न सकी। उसने काकी का हाथ पकड़ा और ले जाकर जूठे पत्तलों के पास बैठा दिया। दीन, क्षुधातुर, हुत-ज्ञान बुढ़िया पत्तलों से पूड़ियों के टुकड़े चुन-चुनकर भक्षण करने लगी। ओह! दही कितना स्वादिष्ट था, कचौड़ियां कितनी सलोनी, खस्ता कितने सुकोमल। काकी बुद्धिहीन होते हुए भी इतना जानती थी कि मैं वह काम कर रही हूं, जो मुझे कदापि नहीं करना चाहिए। मैं दूसरों की झूठी पत्तल चाट रही हूं। परन्तु बुढ़ापा तृष्णा वेग का अंतिम समय है, जब सम्पूर्ण इच्छाएं एक ही केन्द्र पर आ लगती है। बूढ़ी काकी में यह केंद्र उनकी स्वादेन्द्रिय थीं।

ठीक उसी समय रूपा की आंखें खुलीं। उसे मालूम हुआ कि लाड़ली मेरे पास नहीं है। वह चौंकी, चारपाई के इधर-उधर ताकने लगी कि कहीं नीचे तो नहीं गिर पड़ी। उसे वहां न पाकर वह उठी तो क्या देखती है कि लाड़ली जूठे पत्तलों के पास चुपचाप खड़ी है और बूढ़ी काकी पत्तलों पर से पूड़ियों के टुकड़े उठा-उठाकर खा रही है। रूपा का हृदय सन्न हो गया। किसी गाय की गर्दन पर छुरी चलते देखकर जो अवस्था उसकी होती, वह

उस समय हुई। एक ब्राह्मणी दूसरों की जूठी पत्तल टटोले, इससे अधिक शोकमय दृश्य असंभव था। पूड़ियों के कुछ ग्रासों के लिए उसकी चचेरी सास ऐसा पतित और निकृष्ट कर्म कर रही है! यह वह दृश्य था जिसे देखकर देखने वाले के हृदय कांप उठते हैं। ऐसा प्रतीत होता था, मानों जमीन रुक गयी, आसमान चक्कर खा रहा है। संसार पर कोई विपत्ति आने वाली है। रूपा को क्रोध न आया। शोक के सम्मुख क्रोध कहां? करूणा और भय से उसकी आंखें भर आयीं। इस अधर्म के पाप का भागी कौन है? उसने सच्चे हृदय से गगन मंडल की ओर हाथ उठाकर कहा – 'परमात्मा, मेरे बच्चों पर दया करो। इस अधर्म का दंड मुझे मत दो, नहीं तो मेरा सत्यानाश हो जायेगा।'

रूपा को अपनी स्वार्थपरता और अन्याय इस प्रकार प्रत्यक्ष रूप में कभी न दिख पड़ी थी। वह सोचने लगी- हाय! कितनी निर्दयी हूं। जिसकी सम्पत्ति से मुझे दो सौ रुपया वार्षिक आय हो रही है, उसकी यह दुर्गति! और मेरे कारण! हे दयामय भगवान! मुझसे बड़ी भारी चूक हुई है, मुझे क्षमा करो। आज मेरे बेटे का तिलक था। सैकड़ों मनुष्यों ने भोजन पाया। मैं उनके इशारों की दासी बनी रही। अपने नाम के लिए सैकड़ों रुपये व्यय कर दिये, परन्तु जिसकी बदौलत हजारों रुपये खाये, उसे इस उत्सव में भी भरपेट भोजन न दे सकी। केवल इसी कारण तो, वह वृद्धा असहाय है।

रूपा ने दिया जलाया, अपने भंडार का द्वार खोला और एक थाली में सम्पूर्ण सामग्रियां सजाकर लिए हुए बूढ़ी काकी की ओर चली।

आधी रात जा चुकी थी, आकाश पर तारों के थाल सजे हुए थे, और उन पर बैठे हुए देवगण स्वर्गीय पदार्थ सजा रहे थे, परन्तु उनमें किसी को वह परमानंद प्राप्त न हो सकता था, जो बूढ़ी काकी को अपने सम्मुख थाल देखकर परमानंद प्राप्त हुआ। रूपा

 शतरंज के खिलाड़ी और अन्य कहानियां

ने कंठावरुद्ध स्वर में कहा- 'काकी उठो, भोजन कर लो। मुझसे आज बड़ी भूल हुई, उसका बुरा न मानना। परमात्मा से प्रार्थना कर दो कि वह मेरा अपराध क्षमा कर दे।'

भोले-भाले बच्चें की भांति, जो मिठाइयां पाकर मार और तिरस्कार सब भूल जाता है, बूढ़ी काकी वैसे ही सब भुलाकर बैठी हुई खाना खा रही थी। उनके एक-एक रोयें से सच्ची सदिच्छाएं निकल रही थीं और रूपा बैठी इस स्वर्गीय दृश्य का आनंद लेने में निमग्न थी।

परीक्षा

जब रियासत देवगढ़ के दीवान सरदार सुजानसिंह बूढ़े हुए तो परमात्मा की याद आयी। जाकर महाराज से विनय की कि दीनबंधु! दास ने श्रीमान की सेवा चालीस साल तक की, अब मेरी अवस्था भी ढल गयी, राज-काज संभालने की शक्ति नहीं रही। कहीं भूल-चूक हो जाये तो बुढ़ापे में दाग लगे। सारी जिन्दगी की नेकनामी मिट्टी में मिल जाये।

राजा साहब अपने अनुभवशील नीतिकुशल दीवान का बड़ा आदर करते थे। बहुत समझाया, लेकिन जब दीवान साहब ने न माना, तो हारकर उसकी प्रार्थना स्वीकार कर ली; पर शर्त यह लगा दी कि रियासत के लिए नया दीवान आप ही को खोजना पड़ेगा।

दूसरे दिन देश के प्रसिद्ध पत्रों में यह विज्ञापन निकला कि देवगढ़ के लिए एक सुयोग्य दीवान की जरूरत है। जो सज्जन अपने को इस पद के योग्य समझें, वे वर्तमान सरकार सुजानसिंह की सेवा में उपस्थित हों। यह जरूरत नहीं है कि वे ग्रेजुएट हों, मगर हृष्ट-पुष्ट होना आवश्यक है, मंदाग्नि के मरीज को यहां तक कष्ट उठाने की कोई जरूरत नहीं। एक महीने तक उम्मीदवारों की रहन-सहन, आचार-विचार की देखभाल की जाएगी। विद्या का कम, परंतु कर्तव्य का अधिक विचार किया जायेगा। जो महाशय इस परीक्षा में पूरे उतरेंगे, वे उच्च पद पर सुशोभित होंगे।

शतरंज के खिलाड़ी और अन्य कहानियां

* * *

इस विज्ञापन ने सारे मुल्क में हलचल मचा दी। ऐसा ऊंचा पद और किसी प्रकार की कैद नहीं? केवल नसीब का खेल है। सैकड़ों आदमी अपना-अपना भाग्य परखने के लिए चल खड़े हुए। देवगढ़ में नये-नये और रंग बिरंगे मनुष्य दिखायी देने लगे। प्रत्येक रेलगाड़ी से उम्मीदवारों का एक मेला-सा उतरता। कोई पंजाब से चला आता था, कोई मद्रास से, कोई नये फैशन का प्रेमी, कोई पुरानी-सादगी पर मिटा हुआ। पंडितों और मौलवियों को भी अपने-अपने भाग्य की परीक्षा करने का अवसर मिला। बेचारे सनद के नाम रोया करते थे, यहां उसकी कोई जरूरत नहीं थी। रंगीन एमामे, चोगे और नाना प्रकार के अंगरखे और कंटोप, देवगढ़ में अपने सज-धज दिखाने लगे। लेकिन सबसे विशेष संख्या ग्रेजुएटों की थी, क्योंकि सनद की कैद न होने पर भी सनद से परदा तो ढका रहता है।

सरदार सुजानसिंह ने इन महानुभावों के आदर-सत्कार का बड़ा अच्छा प्रबंध कर दिया था। लोग अपने-अपने कमरों में बैठे हुए रोज़ेदार मुसलमानों की तरह महीने के दिन गिना करते थे। हर एक मनुष्य अपने जीवन को अपनी बुद्धि के अनुसार अच्छे रूप में दिखाने की कोशिश करता था। मिस्टर अ नौ बजे दिन तक सोया करते थे, आजकल वे बगीचे में टहलते हुए ऊषा के दर्शन करते थे। मिस्टर ब को हुक्का पीने की लत थी, पर आजकल बहुत रात गये किवाड़ बन्द करके अंधेरे में सिगार पीते थे। मिस्टर द स और ज से उनके घरों पर नौकरों के नाक में दम था, लेकिन ये सज्जन आजकल 'आप' और 'जनाब' के बगैर नौकरों से बातचीत नहीं करते थे। महाशय क नास्तिक थे, हक्सले के उपासक, मगर आजकल उनकी धर्मनिष्ठा देखकर मन्दिर के पुजारी को पदच्युत हो जाने की शंका लगी रहती थी। मिस्टर ल को किताबों से घृणा थी, परंतु आजकल वे बड़े-बड़े ग्रन्थ देखने

पढ़ने में डूबे रहते थे। जिससे बात कीजिए, वह नम्रता और सदाचार का देवता बना मालूम देता था। शर्माजी घड़ी रात से ही वेद-मंत्र पढ़ने में लगते थे और मौलवी साहब को नमाज़ और तलावत के सिवा और कोई काम न था। लोग समझते थे कि एक महीने का झंझट है, किसी तरह काट लें, कहीं कार्य सिद्ध हो गया तो कौन पूछता है।

लेकिन मनुष्यों का वह बूढ़ा जौहरी आड़ में बैठा हुआ देख रहा था कि इन बगुलों में हंस कहां छिपा हुआ है।

* * *

एक दिन नये फैशनवालों को सूझी की आपस में हॉकी का खेल हो जाये। यह प्रस्ताव हॉकी के मंजे हुए खिलाड़ियों ने पेश किया। यह भी तो आखिर एक विद्या है। इसे क्यों छिपा रखें। संभव है, कुछ हाथों की सफाई ही काम कर जाये। चलिए तय हो गया, फील्ड बन गयी, खेल शुरू हो गया और गेंद किसी दफ्तर के अप्रेंटिस की तरह ठोकरें खाने लगी।

रियासत देवगढ़ में यह खेल बिलकुल निराली बात थी। पढ़े-लिखे भले मानुस लोग शतरंज और ताश जैसे गंभीर खेल खेलते थे। दौड़-कूद के खेल बच्चों के खेल समझे जाते थे।

खेल बड़े उत्साह से जारी था। धावे के लोग जब गेंद को लेकर तेजी से उड़ते तो ऐसा जान पड़ता था कि कोई लहर बढ़ती चली आती है। लेकिन दूसरी ओर से खिलाड़ी इस बढ़ती हुई लहर को इस तरह रोक लेते थे कि मानो लोहे की दीवार है।

संध्या तक यही धूमधाम रही। लोग पसीने से तर हो गए। खून की गर्मी आंख और चेहरे से झलक रही थी। हांफते-हांफते बेदम हो गए, लेकिन हार-जीत का निर्णय न हो सका।

अंधेरा हो गया था। इस मैदान से जरा दूर हटकर एक नाला था। उस पर कोई पुल न था। पथिकों को नाले में चलकर आना पड़ता था। खेल अभी बन्द ही हुआ था और खिलाड़ी लोग बैठे

     शतरंज के खिलाड़ी और अन्य कहानियां

दम ले रहे थे कि एक किसान अनाज से भरी हुई गाड़ी लिये हुए उस नाले में आया। लेकिन कुछ तो नाले में कीचड़ था और कुछ उसकी चढ़ाई इतनी ऊंची थी कि गाड़ी ऊपर न चढ़ सकती थी। वह कभी बैलों को ललकारता, कभी पहिये को हाथ से ढकेलता, लेकिन बोझ अधिक था और बैल कमजोर। गाड़ी ऊपर को न चढ़ती और चढ़ती भी तो कुछ दूर चढ़कर फिर खिसककर नीचे पहुंच जाती। किसान बार-बार जोर लगाता और बार-बार झुंझला कर बैलों को मारता, लेकिन गाड़ी उभरने का नाम न लेती। बेचारा इधर-उधर निराश होकर ताकता, मगर वहां कोई सहायक नजर न आता। गाड़ी को अकेले छोड़कर कहीं जा भी न सकता। बड़ी विपत्ति में फंसा हुआ था। इसी बीच में खिलाड़ी हाथों में डंडे लिए घूमते-घामते उधर से निकले। किसान ने उनकी तरफ सहमी हुई आंखों से देखा, परन्तु किसी से मदद मांगने का साहस न हुआ। खिलाड़ियों ने भी उसको देखा मगर बन्द आंखों से, जिनमें सहानुभूति न थी। उनमें स्वार्थ था, मद था, मगर उदारता और वात्सल्य का नाम भी न था।

* * *

लेकिन उसी समूह में एक ऐसा मनुष्य था जिसके हृदय में दया थी और साहस था। आज हॉकी खेलते हुए उसके पैरों में चोट गयी थी। लंगड़ाता हुआ धीरे-धीरे चला आता था। अकस्मात् उसकी निगाह गाड़ी पर पड़ी। ठिठक गया। उसे किसान की सूरत देखते ही सब बातें ज्ञात हो गयीं। डंडा एक किनारे रख दिया। कोट उतार डाला और किसान के पास जाकर बोला– 'मैं तुम्हारी गाड़ी निकाल दूं?'

किसान ने देखा एक गठे हुए बदन का लम्बा आदमी सामने खड़ा है। झुककर बोला– 'हुजूर मैं आपसे कैसे कहूं?' युवक ने कहा मालूम होता है तुम यहां बड़ी देर से फंसे हुए हो। अच्छ, तुम गाड़ी पर जाकर बैलों को साधो, मैं पहियों को ढकेलता हूं,

अभी गाड़ी ऊपर चढ़ जाती है। किसान गाड़ी पर जा बैठा। युवक ने पहियों को जोर लगाकर उकसाया। कीचड़ बहुत ज्यादा थी। वह घुटने तक जमीन में गड़ गया, लेकिन हिम्मत न हारी। उसने फिर जोर किया, उधर किसान ने बैलों को ललकारा। बैलों को सहारा मिला, हिम्मत बंध गयी, उन्होंने कंधे झुकाकर एक बार जोर किया तो गाड़ी नाले से ऊपर थी।

किसान युवक के सामने हाथ जोड़कर खड़ा हो गया। बोला— 'महाराज, आपने आज मुझे उबार लिया, नहीं तो सारी रात यहां बैठना पड़ता।'

युवक ने हंसकर कहा— 'अब मुझे कुछ इनाम देते हो?' किसान ने गंभीर भाव से कहा— 'नारायण चाहेंगे तो दीवानी आपको ही मिलेगी।' युवक ने किसान की तरफ गौर से देखा। उसके मन में एक सन्देह हुआ, क्या यह सुजानसिंह तो नहीं है? आवाज मिलती है, चेहरा-मोहरा भी वही। किसान ने भी उसकी ओर तीव्र दृष्टि से देखा। शायद उसके दिल के सन्देह को भांप गया। मुस्कुराकर बोला— 'गहरे पानी में बैठने से ही मोती मिलता है।'

* * *

निदान महीना पूरा हुआ। चुनाव का दिन आ पहुंचा। उम्मीदवार लोग प्रातःकाल ही से अपनी किस्मतों का फैसला सुनने के लिए उत्सुक थे। दिन काटना पहाड़ हो गया। प्रत्येक के चेहरे पर आशा और निराशा के रंग आते थे। नहीं मालूम, आज किसके नसीब जागेंगे! न जाने किस पर लक्ष्मी की कृपा दृष्टि होगी।

संध्या समय राजा साहब का दरबार सजाया गया। शहर के रईस और धनाढ्य लोग, राज्य के कर्मचारी और दरबारी तथा दीवानी के उम्मीदवारों का समूह, सब रंग-बिरंगी सज-धज बनाये दरबार में आ बिराजे। उम्मीदवारों के कलेजे धड़क रहे थे।

जब सरदार सुजानसिंह ने खड़े होकर कहा : 'मेरे दीवानी के उम्मीदवार महाशयों! मैंने आप लोगों को जो कष्ट दिया है, उसके

   शतरंज के खिलाड़ी और अन्य कहानियां

लिए मुझे क्षमा कीजिए। इस पद के लिए ऐसे पुरुष की आवश्यकता थी जिसके हृदय में दया हो और साथ-साथ आत्मबल। हृदय वह जो उदार हो, आत्मबल वह जो आपत्ति का वीरता के साथ सामना करे और इस रियासत के लिए सौभाग्य से हमको ऐसा पुरुष मिल गया। ऐसे गुणवाले इस संसार में कम हैं और जो हैं, वे कीर्ति और मान के शिखर पर बैठे हुए हैं, उन तक हमारी पहुंच नहीं। मैं रियासत को पंडित जानकीनाथ-सा दीवान पाने पर बधाई देता हूं।'

रियासत के कर्मचारियों और रईसों ने जानकीनाथ की तरफ देखा। उम्मीदवार दल की आंखें उधर उठी, मगर उन आंखों में सत्कार था, इन आंखों में ईर्ष्या।

सरदार साहब ने फिर फरमाया, 'आप लोगों को यह स्वीकार करने में कोई आपत्ति न होगी कि जो पुरुष स्वयं जख्मी होकर भी एक गरीब किसान की भरी हुई गाड़ी को दलदल से निकालकर नाले के ऊपर चढ़ा दे, उसके हृदय में साहस, आत्मबल और उदारता का वास है। ऐसा आदमी गरीबों को कभी न सताएगा। उसका संकल्प दृढ़ है, उसके चित्त को स्थिर रखेगा। वह चाहे धोखा खा जाये, परन्तु दया और धर्म से कभी न हटेगा।'

■■■